EL LUGAR
DONDE ESTUVO
EL PARAÍSO

Esta novela fue Primera Finalista
del Premio Planeta (Argentina) 1996,
otorgado por el siguiente Jurado:

Mario Benedetti
Tomás Eloy Martínez
Angeles Mastretta
Guillermo Schavelzon

CARLOS FRANZ

EL LUGAR
DONDE ESTUVO
EL PARAÍSO

PLANETA

EL AUTOR AGRADECE AL FONDART,
FONDO NACIONAL DE FOMENTO DE LAS ARTES, DE CHILE,
QUE APOYÓ LA ESCRITURA DE UNA PRIMERA VERSIÓN DE ESTA NOVELA.

Diseño de cubierta: Mario Blanco
Diseño de interior: Alejandro Ulloa

© 1996, Carlos Franz

Derechos exclusivos de edición en castellano
reservados para todo el mundo:
© 1996, Editorial Planeta Argentina S.A.I.C.
Independencia 1668, Buenos Aires
© 1996, Grupo Editorial Planeta

ISBN 950-742-782-1

Hecho el depósito que prevé la ley 11.723
Impreso en la Argentina

a mi padre,
in memoriam.

You most of all, silent and fierce old man.
Because the daily spectacle that stirred
my fancy, and set my boyish lips to say,
"Only the wasteful virtues earn the sun".

W. B. YEATS, *Responsabilities*

O bien:

Más que todos, tú, viejo silencioso y feroz.
Causa del diario espectáculo que animó
mi fantasía,
e hizo a mis labios infantiles decir,
"Sólo las virtudes gratuitas merecen el sol".

Primera parte

—*Véngase conmigo al Amazonas...*
Le contesté que iría por unos meses.
—*Oh, no.* —*Replicó:*— *Una vez que esté allí no*
querrá volver nunca a su casa, nunca más...
Y de ese modo concertamos una cita en Iquitos
para dos años después; Kruger calculaba que eso era lo
que se demoraría en volver al Paraíso.

GRAHAM GREENE, *Caminos sin ley*

Capítulo I

1

Es extraña la dicha que produce avistar una ciudad desde el aire. Como si venir del cielo nos convirtiera un poco en ángeles. Hemos sido mensajeros extraviados. Sobrevolamos ríos sin destino, que escurren en grandes lazos cobrizos hacia el horizonte redondo y salvaje... Y de pronto, a través de un agujero en la tormenta, ahí está. El puerto fluvial, su peladura blancuzca en la piel de lagarto de la jungla. La ciudad completamente aislada, a no ser por el aire. Y por el Amazonas que la corteja, lento y cabizbajo; el glaciar de barro, apartando a pulso las anchas piernas de la selva.

Iquitos está en los tres grados de latitud sur, bajo la línea ecuatorial. Rara vez aparece en las fotos de avión o de satélite. Permanece cubierto, en promedio, 320 días al año. Sólo observado por el ojo inmóvil del gran ciclón de nubes que gira sobre la cuenca amazónica...

Y allí, tres grados bajo aquella línea imaginaria que divide al mundo, estaba el Cónsul esperándome. Es fácil reconocerlo. Si lo vieran no se equivocarían: es ese hombre maduro y solitario que siempre encontramos fumando en los andenes. No sabríamos decir si acaba de llegar o se prepara para irse. Lo único cierto es que no pertenece a ese lugar, que va de paso, que no planea quedarse... Por mi parte, siempre lo recordaré así: haciendo hora en puertos o andenes, chequeando el tablero de aterrizajes, esperando que salga un tren, o despegue un avión, o leve anclas un navío. El profesional de las despedidas.

Lo sigo viendo la tarde de mi llegada a su última destinación. Caía un diluvio sobre el aeropuerto de Iquitos. El Cónsul me esperaba al pie del avioncito a hélice, domando un paraguas que tironeaba el huracán. Llevaba un traje blanco, arrugado. Y en la otra mano su maletín de diplomático, con esa cadenita a la que nunca lo vi esposarse.

—Has crecido... —tartamudeó, admirándome, atacado por una imprevista timidez ante el cuerpo de su hija crecida.

Me observó todavía unos momentos, sin saber qué hacer con las manos, mientras la lluvia me empapaba. Y finalmente se resolvió a abrazarme, amparándome bajo el paraguas. Susurró:

—Estás hecha toda una mujer...

De pronto me encontré oliendo el aroma a tabaco, a lavanda; besando la barba áspera que me raspaba los labios.

—Y yo, ¿cómo me veo? ¿Estoy en forma? —Preguntó, cambiando de tono, recuperando su viejo aplomo de seductor. El vientre estaba perfectamente en línea dentro del cinturón, y se notaba el vanidoso esfuerzo que hacía para demostrármelo—. ¿Aceptarías ser mi novia, todavía?...

—Por ningún motivo. Has tenido demasiadas... —le contesté.

Lanzó una carcajada. Me besó en la frente. De pronto fingió entristecerse:

—¿O será que me encuentras envejecido?

Me sabía las respuestas de memoria. Habíamos practicado antes este juego de coquetería masculina. El sabía que "la niña" comprendería perfectamente. Tenía 50 o 51 años, en esa época. Yo le diría que no se veía viejo en absoluto. Que se veía atractivo, maduro, interesante. Que las mujeres admiraban esas sienes canosas, esa gota de verde amargo en sus ojos, ese aire de antiguo vividor desengañado.

—Estás mejor. Tostado y más flaco...

Y lo vi soltar el aliento; aliviado y feliz...

—¿Tuvo buen viaje, mi Anita? —continuó preguntándome.

—Pésimo. Casi nos caímos...

—Lo importante es que ya estás en tierra... —me dijo, mientras entrábamos en la sala de llegadas—. Y ahora, discúlpame pero debo atender un asunto... Será sólo un momento y partiremos enseguida.

Lo vi acercarse a la oficina de Inmigraciones. El policía de guardia revisó su identificación. Un funcionario descamisado, con grandes manchas de sudor bajo las axilas, salió a la puerta y le franqueó el paso con un ambiguo saludo protocolar. La puerta se cerró y vi sus sombras tras los vidrios empavonados de la oficina. Otras dos siluetas se ponían de pie...

Por mi parte, sentía un nudo en la garganta. Hacía dos años que no nos reencontrábamos. Tal vez era cierto que ahora estaba hecha "toda una mujer". Tampoco yo me acostumbraba a mirarlo casi de su misma altura. Había intentado ponerme la mano sobre la nuca, como solía hacer antes, y lo había rehuido, no supe por qué. En realidad, parecía distinto. No sólo más en forma, sino tal vez menos ácido, menos cínico. Menos pareja de la esposa de cortos años que me había dejado jugar a ser en nuestros encuentros anteriores. No lo hallaba en ese libreto de amigote de su hija, que yo prefería al vigilante amor paterno. El aeropuerto húmedo, sin climatizar, me provocaba mareo de tierra. Y un hombre pateaba en el bajo vientre la máquina de Coca-Cola, que terminó soltándole una lata con un quejido casi animal...

Finalmente, el Cónsul reapareció. La mano del funcionario de Inmigraciones, con un grueso anillo de oro, se apoyaba en uno de sus hombros. Se despidieron. Las otras dos siluetas volvieron a sentarse tras los vidrios empavonados. El Cónsul se quedó un momento pensando, cabizbajo. Como si en el curso de su trámite hubiera olvidado por qué había venido, en primer lugar, hasta el aeropuerto. Y me dedicó la misma sonrisa tímida del comienzo, cuando volvió a divisarme en la sala de llegadas.

Salimos repartiendo propinas a los maleteros. Un chofer indígena nos acercó un largo auto rojo hasta la rampa. El indio descalzo nos abría las portezuelas mientras sostenía un paraguas agujereado. Tampoco me cuadraba este nuevo auto del Cónsul: un Cadillac de seis plazas, sentado en su tren trasero como una lancha. Era demasiado lujoso y convencional comparado con los jeeps de batalla, todo terreno, que le había conocido en sus anteriores puestos.

Dejamos atrás el deforme aeropuerto que se hundía en una depresión del paisaje cenagoso. Parecía un lagarto prehistórico con el letrero de neón erizado en el lomo. Y cuando me di vuelta a buscarlo ya había desaparecido... El cielo se venía abajo sobre el río convulso por el huracán. Lo que *tal vez* era un río, porque desde los bancos occidentales del Amazonas no se alcanzaba a divisar la otra orilla. Caíamos de trechos asfaltados a kilómetros de camino arcilloso abierto entre jirones de selva sentenciada por el desmonte. La tormenta arrollaba los campos de cultivo. Cada tanto, bultos de selva emergían de una ciénaga. Y los gallinazos empapados picoteaban un burro muerto que flotaba con las patas hacia arriba... El paisaje podría haber sido el primer día del mundo; o el siguiente a la expulsión del Paraíso. Y lo más extraño, lo único extraño, me pareció, es que lloviendo de ese modo brutal no hiciera frío, y que sin embargo yo, contra mi voluntad, temblaba.

—Ya tienes un novio, supongo —me dijo el Cónsul, sin quitar la vista del camino.

Tal vez sólo quería hacerme conversación, romper el hielo acumulado en esos dos años sin vernos. O quizá intentaba decirme algo más.

—Tuve. Pero terminamos... Creo que no estoy hecha para la vida de pareja —le declaré.

Nada que contar. El verano anterior. Un niño en un país de niños. Había durado tres meses y quería acostarse conmigo. Estuve de acuerdo, pero bajo mis condiciones. Le escribí una carta de amor, explícita: nos fugaríamos en tren al Norte; viviríamos desnudos en una playa del desierto alimentándonos de mariscos crudos hasta purificarnos; celebraríamos un matrimonio ritual consagrándonos a la Luna, y haríamos el amor por primera vez en el agua. Tendríamos dos hijos de inmediato. Nunca más supe de él. Habría querido llorarlo pero no logré exprimirme ni una lágrima.

—No pareces muy triste —me dijo el Cónsul.

—Lo habré aprendido de ti —le dije yo. Al entrar en la ciudad nos cerró el paso un control policial. El Cónsul bajó el vidrio y exhibió su identificación. Otros dos paramilitares empapados fisgonearon por mi lado. Bajo esa catarata parecían unos curiosos buzos, con sus chatos rostros de indios pegados a las ventanillas y los snorkels de sus rifles enarbolados. Mientras el Cónsul descendía para abrir el portamaletas, le eché una mirada al suburbio mohoso que nos rodeaba. Había un templo evangélico con su cruz caída; un salón de pool con piso de tierra; niños patipelados observando la pesquisa bajo los aleros de cinc. Todo fotografiado, de pronto, por un tremendo relámpago.

—No te extrañes —me dijo el Cónsul, sacudiendo el paraguas y entrando al auto—. Creen que tienen una guerra triangular en esta zona: las guerrillas, la droga y el gobierno, todos contra todos. Pero es mayormente paranoia policíaca. Delirio de seguridad...

—No me extraño... —le contesté—. No te olvides que en casa también tenemos nuestros delirios de seguridad.

Y era verdad. Calculé que él no había vuelto a pasar por el país desde hacía tres o cuatro años. Tal vez no se imaginaba lo segura que era su patria bajo el nuevo régimen: la calma eterna en Las Condes, la disciplina escolar, las pardas amigas de Leyla que ya me hacían programas de matrimonio con sus hijos rugbystas, y hasta las manos largas de mi padrastro, Lamarca, tecleando en su nueva alarma traída de Miami. Mejor una buena "guerra triangular", creía

18

yo, fuese ésta lo que fuese, a la oscura queda del país que acababa de dejar atrás...

El Cónsul me quedó mirando. Volvíamos a ponernos en marcha, atravesando el control. Quizá lo sorprendía que no sólo el cuerpo de su hija hubiera crecido.

—Bueno, por acá yo también tengo mi pequeña crisis de seguridad... —me declaró.

—¿Sigues con problemas en el Consulado?

El auto desaceleró un poco, como si una sombra hubiera atravesado la carretera. De pronto sólo se oía el silbido del aire acondicionado en el interior del Cadillac. Era tan amplio que daba para sentirse solos en él.

—¿De qué problemas me hablas?

—Tú mismo me lo escribiste, hace dos años... ¿No te acuerdas? Apenas habías llegado acá. Dijiste que el nuevo gobierno planeaba cerrar este puesto, que harían reducciones en el Servicio Exterior...

Y había agregado que no me extrañaba si tal vez aprovechaba la ocasión para renunciar de una vez por todas. Ya estaba harto, después de tres décadas en los caminos... Que no me extrañara si de repente lo veía aparecer de vuelta, retirado. Definitivamente de vuelta...

—Ah, te refieres a eso... —el Cónsul se echó un poco para atrás. Sentí el cambio automático engranando en una velocidad superior—. No, aquello fueron sólo falsas alarmas. Finalmente, los militares no son muy distintos a otros gobiernos. Todos llegan con una gran escoba, diciendo que van a barrer con la basura acumulada. Y al final terminan levantando un poco de polvo, y barriendo el resto bajo la alfombra...

—No más problemas con el nuevo ministro, entonces…

—Todo bajo control. Y ya ves —dijo, palmeando el volante forrado en cuero—, la vida es barata. Puedo ahorrar y hasta darme algunos lujos. En ciertos aspectos es el mejor consulado que he tenido.

—¿Planeas quedarte un tiempo más largo que en los anteriores…?

—Probablemente. Hay bastante que hacer en este puesto.

—Creí que ésas eran las destinaciones que tratabas de evitar —le comenté.

El Cónsul me dedicó una mirada de reojo, serio. Definitivamente el libreto de compinche de su hija ya no parecía vigente.

—Lo que he buscado evitar son los destinos formales —me corrigió—. Pero esto es un puerto fluvial, cerca de tres fronteras, en la cuenca del río más rico del mundo… Un lugar excitante para un diplomático. Hasta tengo mi propio refugiado, como en una embajada grande. Un piloto de aviación que desertó el día del golpe. A él me refería con lo de la crisis: hace tres días desapareció en la frontera, o lo secuestraron, no sabemos todavía…

En su voz había esa engreída reticencia del hombre envuelto en asuntos importantes.

El auto derrapó un poco en una encrucijada. El poste de caminos manoteaba en el huracán como un espantapájaros, indicándonos direcciones contradictorias. Calle Eldorado, leí en uno de sus brazos. Y nos internamos en un arcilloso camino vecinal flanqueado por quintas enrejadas. En lo alto de un sendero de gravilla vi aparecer la casa blanca, que se alzaba en un claro recortado a la selva. Era un largo bungalow de un piso, rodeado de terrazas. Verdaderas cortinas de agua desbordaban de las canaletas, incapaces de contener este diluvio. Una empleada me disputó mi mochila que viajaba en el asiento trasero. Se la gané y subí con las zapatillas embarradas, desconfiando de los pisos lustrosos, las esterillas, los muebles de junco...

—Bienvenida a tu casa —dijo el Cónsul, observando mi reacción—. ¿Qué te parece?

—Distinta... —fue todo lo que se me ocurrió decir.

Entonces, así vivía ahora el Cónsul... Ya no más en un hotel, en las habitaciones numeradas, en los departamentos amoblados que habíamos compartido en nuestras correrías anteriores de padre e hija solos en tierras extranjeras. Así, en una casa grande, con empleada y manillas de bronce frotado. ¿Desde cuándo, me preguntaba, se había ablandado, le había cedido espacio a la permanencia y permitido que su alma portátil echara raíces? Aquí había gato encerrado...

Y la gata apareció tras la mampara de malla mosquitera. Iba descalza. La pesada trenza de pelo negro le humedecía el hombro a una de esas viejas batas del Cónsul, con el bolsillo monogramado.

—Te presento a Julia... —me dijo él.

Me pasaba siempre. Cada mujer hermosa que me presentaba me parecía que lo era mucho, mucho más que yo. Juzgándonos por el cuerpo nadie habría dicho cuál era la mayor. Pero aun sin zapatos ella era más alta, larga, felina y aceitada. Y en los serenos ojos oscuros, en la manera de sonreír con seriedad, sólo si le daban motivo, me sacaba toda la ventaja de su edad; la edad que tengo ahora, cerca de treinta.

—Qué vergüenza mi facha, no alcancé a terminar de arreglarme. Disculpa —me dijo, y miró con un matiz de reproche al Cónsul—. Llegaron antes...

—Debe ser la primera vez en su historia que el Faucett llega a tiempo —se excusó él.

Yo no me pude mover. Fue Julia la que terminó de cuadrarme en la fotografía que le habrían mostrado. Se acercó y me besó en ambas mejillas. Sentí su olor. Era como nada que hubiera olido antes: era el olor del Cónsul, el de su bata, mezclado con el perfume de esta mujer.

—Qué gusto de conocerte. Tu padre me había hablado tanto de ti... —suspiró, hinchando el busto que a simple vista era dos copas más grande que el mío.

—Yo las dejo para que se conozcan. Voy a buscar unos papeles en el escritorio, y tendré que volver al Consulado. Surgieron algunos imprevistos en el aeropuerto, que tengo que atender... —le explicaba el Cónsul a Julia.

Lo miré desesperada, pero ya estaba fuera de alcance. Era típico de él: retirarse, salir, irse al extranjero.

—Pasa, pasa, te mostraré tu habitación. ¿Esto es todo lo que traes...? —me preguntaba Julia.

—Lo demás viene atrás —le contesté, indicando la aparatosa valija Vuitton de Leyla, que el Cónsul sacaba del portamaletas. Lo "demás" era mi par de vestidos formales, para esos inevitables cócteles de rotarios donde a veces me pedía acompañarlo; y el traje de noche que había soñado lucir en el banquete cívico con los notables de la provincia, que nos tocaba en cada destinación suya...

Para el caso, ahora, me habría bastado con

el par de jeans y las zapatillas de repuesto, mis poleras desteñidas a propósito y el volumen descuadernado de Huidobro, que viajaban en mi mochila.

2

Y en verdad era distinto sentirse en una *casa* del Cónsul. Por dentro ésta parecía una sucursal de la mansión Adams. Muebles victorianos, en su versión para colonias de ultramar, cohabitaban con artesanías regionales. Mejor no mirar, en cualquier momento el viejo sofá con garras, atacado de satiriasis, se abalanzaría para violar a la mesita ratona. Aunque en esa época yo no sabía nada de gustos, seguía pensando que ésta no podía ser la casa del Cónsul. La habitación del Cónsul siempre había sido un pedazo de tierra de nadie, un lugar de paso para un hombre en tránsito, amparado por su inmunidad. La extraterritorial morada del Cónsul, lo más a menudo, había consistido en ese par de cuartos rentados que compartíamos durante mis vacaciones, con las pilas de libros en una esquina, las fotos en el marco del espejo, y nuestra ropa de "solteros" arrumbada sobre las sillas. Y así nos gustaba a los dos, creía yo.

Julia me guió hasta mi cuarto. La planta del caserón tenía forma de U. Pasamos por demasiadas habitaciones vacías, con ventanas protegidas por rejillas mosquiteras, a través de las cuales acezaba el asmático aliento de la tormenta.

—Una casa grande… —le dije a Julia, por hablar de algo.

—Ocupamos sólo un ala —me explicó—. Como mujer, te imaginarás lo difícil que es mantener una casa así, apenas para nosotros dos...

Me contó que había sido propiedad de un colono inglés, a comienzos de siglo. Trajo río arriba el piano, los muebles con garras, la cama de bronce verdecido con dosel, y hasta los retratos de la improbable familia escocesa para la cual había armado esta réplica de un hogar. Examiné las oleografías de cinco niños de ojos transparentes, una dama severa de grandes faldas, y hasta un perro de aguas. La familia nunca había llegado a reunirse con él. Los sorprendió la Gran Guerra; después la crisis del caucho. El inglés había intentado sin éxito aclimatar algodón en estas latitudes. Y terminó suicidándose... No pude evitar imaginarlo colgando del mismo impresionante dosel mosquitero bajo el cual había esperado inútilmente a su esposa. El inglés colgando sobre la cama que ahora Julia ocupaba junto al Cónsul.

—Disculpa si sientes un olor —me dijo—. Ayer fumigamos contra las termitas. Aquí no puedes descuidarte, hay que mantener a raya el monte...

Indicaba más allá de los confines del jardín. Hacia aquello informe y vivo que nos rodeaba. Observé una piscina desolada bajo la lluvia, una cabaña en el fondo. Y más allá, el bosque verde y brumoso. Ni flores, ni frutos, sólo esa sobredosis de clorofila y agua.

—No estoy de acuerdo con matar los bichos —declaré.

Casi era verdad. Había sido schoentatiana en las Ursulinas, siloísta en el Liceo Uno y, últimamente, ya que no había otra cosa, oyente en unos grupos de filosofía oriental donde nos vestíamos de hindúes, nos sentábamos en la posición del loto, y pasábamos los sábados tratando de abrir el tercer ojo y diciendo "om". Según Leyla, mi pieza apestaba a gitana...

De pronto, algo verde y veloz reptó por la pared a mi lado. Di un grito. Involuntariamente me encontré en los brazos de Julia, temblando.

—Lo siento —me dijo ella, riendo—: no te asustes. Es Godzila, la iguana de la casa. Trae buena suerte. Y se come los insectos...

Y miró al monstruo con la ternura que habría empleado para una hija fea.

En mi cuarto había flores de papel sobre el velador de mimbre, una colcha bordada, y en la pared el póster de un cantante famoso, que yo detestaba. Tal vez había sido idea de ella: la decoración apropiada para alegrar la habitación de una adolescente. Julia encendió un cigarrillo y se sentó en la cama. Evidentemente esperaba entrar en una "charla de mujeres" conmigo. No podía haber escogido peor interlocutora. "Lo femenino" y yo estábamos en guerra; "lo femenino" me atacaba, y yo le devolvía golpe por golpe.

—¿Te fue bien en tus exámenes finales? —me preguntó, inocentemente, sosteniendo en vilo la conversación.

—Me suspendieron en tres ramos...

—Lo siento —se cortó—. Pero aquí puedes prepararlos. Tu padre dice que eres muy inteligente. Los aprobarás... Podríamos estudiar juntas —se entusiasmó—. Yo también voy a clases: inglés, en la escuela de Turismo. Voy a sacar este año mi licencia...

Tal vez pensaba que los idiomas eran necesarios para la mujer de un diplomático...

Por ocuparme en algo me puse a deshacer la maleta. Julia me miraba. Desembalé y me probé mis botas de expedicionaria. Al atar los cordones dejé una buena huella sobre la colcha blanca. Las había conseguido en un almacén de desechos del ejército. Cuando supe que vendría a ver al Cónsul, pensé que las necesitaría para hacer expediciones al fondo de la jungla. Estaba orgullosa de sus hebillas, su olor a saliva rancia y la cómoda pata del soldado impresa en el fondo. Y lo mejor: Leyla había chillado de espanto cuando me vio llegar con ellas: "¡Esto es lo último! ¡Tú ya no eres mi hija; pareces un recluta!".

Tenía razón, prefería cualquier cosa con tal de no vestirme ni parecerme a la mujer que ella habría querido que fuera. Mis jeans rotosos antes que sus faldas escocesas, tableadas. Mis poleras sin forma antes que los cuellitos de encaje, los mocasines planos y los calzones de algodón blanco, virgen, donde cualquier mancha parecía una denuncia. Hasta hacía poco la propia Leyla me compraba de esos con el ridículo estampado del día de la semana. Al final en esto, como en lo de las botas, se había rendido...

Por su parte, acá, Julia también parecía darse por vencida conmigo:

—Estarás muy cansada, supongo.

—Muerta —le aseguré, sin dejar de desempacar.

—Te dejo, entonces. Te avisaré cuando esté servido. Quisiera que lo pases bien aquí. Entiendo que en tu país no lo han tenido fácil últimamente. Ojalá que seamos amigas...

Y ya desde la puerta, con ese melodioso acento de la región, que en ella era bajo y fuerte, agregó:

—Ah, y si me permites un consejo...

—El que quieras —le contesté, muy educada.

—Esas botas no se usan en la selva. Si te llegara a picar algo, demorarías demasiado en sacártelas. Se han visto gringos con el pie podrido por eso...

De pronto vi pasar la capota roja del auto del Cónsul que daba la vuelta saliendo de la casa. No supe exactamente qué paso por mi cabeza. Me iba a quedar sola con esta desconocida descalza y su iguana. Sola en esta casa abierta, aislada en la tormenta que aislaba aún más la ciudad aislada en la selva... Un postigo suelto se azotaba en alguna parte. Sentí pánico.

—Tengo que decirle algo importante... —le expliqué a Julia, y salí a escape.

Patiné en los pisos encerados y corrí por la galería. Bajé de un salto la escalinata, justo a tiempo para ver la cola cromada del Cadillac sumergiéndose en la calle Eldorado. Quedé parada en la rotonda de gravilla, bajo la lluvia espesa y tibia como aceite...

—Regresará a comer... —me dijo Julia, apoyada tranquilamente en un pilar, desde la protección de la galería.

Volví sola a mi cuarto. Me tendí en la cama observando las punteras de mis botas "de gringa". Esas botas que no servirían en la verdadera jungla, como me lo había advertido Julia... No terminaba de ubicar a esta mujer junto al Cónsul. No era una de esas señoras separadas para siempre, que traían el escepticismo y el horror del matrimonio en su nuevo ajuar. Ni era de esas "tías" que aparecían en horarios raros,

27

con abrigos de piel, y antes de cenar llamaban a su casa, a sus maridos, diciendo que el té canasta se alargaba, que no las esperaran. Ni se la veía aburrida, glamorosa y chascona, como esas pernilargas amiguitas que alguna vez nos habían acompañado en un crucero en veranos anteriores, con sus vocecitas de pito y sus pechugas de *Playboy*. No la veía pintándose las uñas de los pies en un cuarto de motel.

En fin, no parecía una de esas mujeres suyas, tomadas del mismo calendario erótico. Modelitos que pasaban una temporada desplegadas en el dormitorio, hasta que caía la hoja del próximo mes y las reemplazaba una nueva, y en la siguiente estación ya no conseguías acordarte de ninguna.

Era, Julia... ¿Pero cómo recordarla ahora? ¿Cómo recordarla con esa mezcla de timidez y fortaleza a toda prueba que no supe ver sino hasta el final de ese verano?

De vez en cuando velaban mi ventana las sábanas de unos relámpagos. La lluvia tibia y espesa que me había empapado en la rotonda no terminaba de secarse. La polera y los jeans parecían de cuero. El aire no se sentía, pesaba; con la misma temperatura y consistencia de la piel humana. Unas gotas gruesas se me caían del rabillo del ojo y rodaban por las sienes hasta inundarme las orejas. El Cónsul había partido. Y yo no sabía qué cosa era aquello tan importante que no había alcanzado a decirle; que nunca alcanzaba a decirle.

Capítulo II

1

El Cónsul estacionó en el Jirón Próspero. Una señal de tráfico le reservaba lugar al Cadillac con patente diplomática. Alguien había rayado el disco con un insulto; y una pequeña montaña de basura obstruía su sitio.

—Honores rendidos al representante de una potencia extranjera —dijo el Cónsul, sorteando los desperdicios. Todavía no empezaba el verdadero calor y ya despedían ese olor a dulce de la podredumbre en los trópicos.

Estábamos en la parte trasera del edificio recubierto de azulejos donde funcionaba su consulado. La entrada principal daba sobre las terrazas del malecón Tarapacá, casi encima de los muelles. Rodeamos el edificio a pie. Las oficinas ocupaban un tercer piso con balcones, frente al Amazonas.

—Era el palacio del Monopolio, en la época del caucho —me informó con cierta vanidad—. Aunque ha decaído un poquito desde esa época, como puedes ver.

En realidad, le había conocido consulados menos decorosos. Y al menos en este, los muros de azulejos, los remates griegos, hasta el orín azul de los balcones de fierro, hablaban del viejo esplendor cauchero. El mismo que tal vez, hacía décadas, había justificado la apertura de esta legación. Ahora, costaba imaginarse qué tipo de amnesia burocrática la mantenía en la plantilla de destinaciones del Servicio Exterior. En uno de los balcones del tercer piso, el escudo de la República y el asta de la bandera se inclinaban sobre la terraza del malecón. Incluso desde esa distancia reconocí el emblema con la loza saltada, que había viajado junto al Cónsul por medio mundo. El escudo abollado y la lanza roma de un flaco país lejano, quijotesco e improbable.

—¿Te acuerdas cuando me ayudabas con la bandera? —me preguntó el Cónsul.

Recordé la bandera extendida sobre la cama del cuarto de hotel en alguna remota y olvidada ciudad. Y la espalda morena de ese hombre alto, en calzoncillos, inclinado sobre ella, ocupado en planchar él mismo su enseña nacional.

El Cónsul intentó comprar puros y un boleto de la lotería amazónica en el puestecito del zaguán. La dueña salió de la trastienda. Era tuerta. Quizá no había sido fea. El ojo cerrado aún le daba un vago aire de coquetería.

—Señor Cónsul, tómelos todos —dijo—. Por favor. Le dieron el visado. Me avisaron recién...

Le alargaba una caja de puros. El Cónsul abrió los brazos tratando de negarse. Pero la tuerta lo forzó a tomarla.

—No tengo cómo agradecerle, señor Cónsul —le decía desde abajo, mientras seguíamos subiendo las crujientes escaleras.

—No fue nada. Intercedí ante un colega para una visa de trabajo —me explicó él, mientras buscaba sus llaves.

La plaquita de bronce pulido del Consulado indicaba el horario de atención al público: 8.30 a 12.30. Eran las ocho y media pasadas. El Cónsul no alcanzó a usar su llavero. La puerta se abrió y un hombre bajito, bigotudo, trajeado con una bata blanca, nos hizo pasar.

—Buenos días, señor Cónsul. Ah, y ésta debe ser la heredera... Bienvenida.

—Arturo... Vino temprano hoy —lo saludó el Cónsul; y me dijo—. Te presento al doctor Menéndez. Tiene su consulta un piso más abajo. Fue el alma de este puesto; lo mantuvo abierto. Estuvo como Honorario durante años, antes de que me mandaran aquí.

—Hice la universidad en su país, becado. Me recibí de médico... —me aclaró el doctor, un poco innecesariamente, mostrando las serpientes enrolladas al báculo en su solapa—. Le debo todo. La quiero como mi segunda patria...

—Yo diría que la quiere aún más que nosotros. Arturo me sigue ayudando. Ad honorem... Y además se preocupa de mi salud.

Lo miré extrañada. Menéndez me tranquilizó:

—Sólo porque tu padre, a veces, no se preocupa lo suficiente de él mismo. Pero dejemos eso —agregó, dirigiéndose al Cónsul—. Con esta muchacha aquí, supongo que necesitarás tiempo para entretenerla... Cuenta conmigo, como siempre.

—Gracias. No hemos hecho planes todavía, ¿verdad?

—Te puedo mostrar la ciudad —me ofreció—. Soy miembro del consejo de Turismo. ¿Te interesan los indios? Tengo la mejor colección de trofeos de los cazadores de cabezas...

Había empezado a degollarse con un dedo y se detuvo, turbado. Miró al Cónsul, seguro de haber metido la pata irremediablemente.

—Me gustaría... —aporté, por ayudarlo.

—Bueno, me olvidaba... —cambió de tema el doctor Menéndez—. Hace un momento pasé por el telégrafo. Había un cable cifrado. Te lo dejé sobre el escritorio... Además, quería cerciorarme de que no te faltara nada para la ceremonia de hoy.

—Pero, Arturo, ¿de qué ceremonia me hablas? —protestó jovialmente el Cónsul—. Es sólo un trámite de notaría. Ni siquiera habrá novia. Será un matrimonio por poder...

Varias veces lo había visto celebrar un matrimonio. De niña había quedado convencida de que tenía ese poder, era capaz de reunir los amores separados. Incluso podía hacerlo por mandato. Por sobre los continentes, y los océanos de agua y tiempo, el Cónsul convocaba a la novia del emigrado y la traía mágicamente, desde la patria remota, hasta Estambul o Perth...

—No importa que no haya novia —declaró el Honorario—. Es un acto consular y debe estar todo en orden. Tú no te preocupes de nada. Te dejé el código a mano, papel en la máquina... Y ya me vuelvo a mi consulta. Sólo vine a ver si se te ofrecía algo...

Pero no dio ni un paso hacia la puerta. Sus grandes y nostálgicos ojos bovinos pastaban en lo que habían sido sus praderas: el escritorio de cortina en la antesala; el mapa fiscal de la República, con el país quebrado en tres porciones ocupando toda una pared; el ventilador cenital, con las aspas lacias, sacando la vuelta en el cielo raso... Por lo visto, siempre el exilio de un hombre puede haber sido el paraíso de otro.

Nos quedamos solos con el Cónsul. Hicimos hora, esperando al compatriota que iba a casarse por poder. Abrí los postigos. Me asomé al balconcito. Un sol brutal me disparó una sucesión de instantáneas: el agua lechosa y revuelta del encuentro de los afluentes; la gran madeja del Amazonas devanándose hacia el horizonte; un mercante de fondo plano, de dos pisos —el *Ofelia*—, que salía escorado del muelle. A lo lejos una canoa a motor, un peque-peque, con su toldo de plástico o cinc podrido y las paredes de terciado, desgajándose del caserío flotante de Belén. Tres pisos más abajo, las mesitas de un bar se escapaban de los portales como unas raras arañas blancas corriendo por la terraza. El bullicio de los parroquianos se mezclaba con el gruñido de las mototaxis con sus toldos rayados y sus bocinazos, en las calles vecinas... Y todo esto entraba por la ventana pasando a través de mí, como una gran onda de vida húmeda y placentera.

—Tienes poco que hacer... —le dije, volviéndome a observar su escritorio. El cable que le había traído su Honorario parecía la única huella de una obligación. Y continuaba cerrado sobre el secante.

—Hay días... Cuando llegué no tenía absolutamente nada que hacer. Cero absoluto. No había un connacional en 1000 kilómetros a la redonda. O por lo menos ninguno que supiera de la existencia de este consulado. Esa ha sido mi tarea: hacerme necesario. Crear pequeñas necesidades, aquí y allá. Te sorprenderías la cantidad de trabajo que tengo ahora... Pero cuando hay tiempo libre tampoco me quejo.

¿Qué más puede pedir un hombre mayor, sino matar el tiempo?

Tantas veces habíamos "matado el tiempo" juntos, en sus consulados anteriores. Salía de la abominada escuela de idiomas en la destinación de turno, donde no aprendía nada (sólo el truco para justificar estas largas vacaciones a su lado), y me venía a hacer las tareas en su despacho. Siempre existían escritorios extra para una dotación de funcionarios que hacía mucho, en estos puestos marginales, había sido reducida al mínimo. El tiempo extranjero se desgranaba cada vez más lento hacia la hora de salida. Hasta casi estancarse y alcanzar esa inmovilidad perfecta, ansiada, que es la única forma de permanencia que no escatima el Servicio Exterior. De pronto, mi mirada distraída podía encontrarse con la suya en el punto de fuga de nuestra ventana... Habíamos estado pensando en lo mismo. El Cónsul tomaba el teléfono y pedía una llamada de larga distancia.

Leyla, mi madre, no sufría particulares ataques de ansiedad cuando recibía mi acostumbrado telefonazo. Postergábamos el regreso otra semana, otros quince días. Hasta estirar esas visitas a todas las vacaciones de verano. Después yo le pasaba el auricular al Cónsul. Se ponían de acuerdo en cuestiones prácticas, colgábamos. Me sonreía. Levantaba el pulgar. Habíamos hecho otra vez el truco. Teníamos por delante otras dos semanas, los dos juntos, fuera del tiempo y del mundo real, en el extranjero.

Afuera podía caer la nieve sobre la plaza de San Wenceslao, o gemir un muecín en esa callejuela lateral, que olía a carbón, en el barrio de Pera. O como ahora, oírse el alboroto del puerto fluvial en el cruce de ríos. En todas partes nuestras mentes quedaban un momento en blanco (como la hoja sobre la cual escribo estas líneas, mientras volamos por última vez juntos...). Y de pronto me hacía el gesto acostumbrado, indicándome hacia el retrato presidencial a su espalda. En su remoto palacio junto a la Cancillería, el gran jefe había sonado la campana. Me dejaba abotonar el abrigo y bajábamos, anocheciendo, de la mano por la Humboldtstrasse... El tiempo había quedado entre paréntesis allá, en nuestro lejano país. Dicen que quien consiguiera viajar cerca de la velocidad de la luz no envejecería. Permanecería él mismo, mientras el universo se fuga hacia el pasado. Tal vez por eso viajamos.

—En fin, si me disculpas tendré que trabajar un poco... —oí que suspiraba el Cónsul—. Tal vez prefieras darte una vuelta, mientras...

—Prefiero estar aquí.

Se puso de pie y buscó algo tras la foto presidencial que colgaba sobre su escritorio. Extrajo una complicada llave de doble dentadura. Era el mismo lugar donde la escondía en todos sus consulados. La caja fuerte ocupaba una esquina del despacho. Me acerqué y reconocí el sello del importador que la garantizaba contra fuego y violaciones: "inviolable, antiflama"... La abrió y percibí ese olor inconfundible: el de los blocks fiscales de papel estampillado, la goma arábiga, el lacre requemado con el que se sellaban los sobres de papel manila... Observé el atado de pasaportes en blanco que más de una vez le había ayudado a llenar, pegando la fotografía en el recuadro, poniéndola bajo el timbre seco...

El Cónsul sacó un cuaderno con tapas de hule negro. Reconocí el libro de claves, con la palabra "confidencial" en letras amarillas, desgastadas por el uso. Se aplicó a descifrar el cable que el doctor Menéndez le había traído del telégrafo.

—¿Mensajes secretos? —le pregunté bromeando, intentando atisbar sobre su hombro.

—Los únicos secretos son los que no nos atrevemos a conocer... —me contestó el Cónsul, sin levantar la mirada de esos números—. Por supuesto, esta clave anticuada está en cualquier manual de códigos. Y hace mucho que nadie se interesa en lo que podamos ocultar. Supongo que seguimos haciéndolo sólo para darnos importancia...

—¿Y estos folletos?

Saqué de la caja un montoncito de prospectos satinados. El Cónsul se interrumpió. Me sonrió misteriosamente:

—Esas son mis verdaderas armas secretas —me dijo—. Estoy importando un nuevo clima para esta ciudad.

"Aire acondicionado", leí en inglés, "produzca usted su propia atmósfera de relajación...".

—¿Pero esto no es un poco irregular para un Cónsul?

—Vamos, todos lo hacen... —me contestó, algo decepcionado, quitándome el folleto—. Los sueldos y los derechos por visas de hoy día no alcanzan para vivir. Por lo menos, antiguamente los cónsules disponían de fondos reservados, para el espionaje. Hoy la profesión es menos romántica. Y es necesario ser pragmáticos. Estoy haciéndome una jubilación decente.

—Entonces sí piensas en retirarte...

Se echó para atrás en su silla reclinable. Cruzó las manos tras la cabeza. Respiró a sus anchas. Parecía que se daba un anticipo...

—Tal vez. En dos o tres años. Puede que éste sea mi último destino... Y quiero aprovecharlo. La climatización tiene mucha demanda en las zonas ecuatoriales, sabes tú. Aquí el aire es un gran negocio...

Lo vi sonreír y guiñarme un ojo. Sugiriendo que no le creyera del todo. Que no creyera en sus negocios con el aire.

En ese momento oímos pasos apresurados subiendo las escaleras. Por un momento pensé que sería el "novio". Pero en su lugar asomó el doctor Menéndez, colorado y acezando.

—¡Lo encontraron! —exclamó.

—¿A quién? —le preguntó el Cónsul.

—¿Cómo que a quién? A Enrico, por supuesto. O por lo menos su avión. Lo acabo de oír en la radio. Lo avistaron cerca de la frontera... Y ahora, ¿qué harás?

—Habrá que pensarlo —le respondió lentamente el Cónsul.

El cable a medias descifrado continuaba sobre su escritorio. Y volvía a plegarse de a poco, por sí mismo.

2

Era de noche cuando oímos retornar el auto del Cónsul. Nos encontrábamos en el plato de fondo de una "cena de bienvenida", como la había llamado Julia; las dos solas. Había dejado de llover y la selva se agolpaba contra las rejillas mosquiteras, croando, zumbando y chirriando. Era como cenar dentro de una jaula; pero el zoológico estaba afuera, en la oscuridad. Y adentro nosotras tan silenciosas como esos retratos enmohecidos tras sus vidrios, que venían con la casa del plantador.

La empleada nos servía rezongando quién sabe qué. Ya me había dado una vuelta por la cocina y la mujer parecía de las mías. Zulema era negra, más ancha que alta, y no me había dicho: "Eres igual al Cónsul". Me había visto la cara de hambre y me la quitó hablándome con repugnancia de los platos inverosímiles que comían los selváticos. Ella, que era costeña, jamás los probaría: sopa de tortuga y pirañas fritas. "No entiendo cómo a la señora le gustan esos bichos. Claro que como ella es de acá"…, había sugerido, con los ojos chicos.

Julia salió a esperar al Cónsul en la galería:

—Te demoraste mucho. Estaba asustada —oí que le decía.

—Fue un día duro —le contestaba el Cónsul—. Celebramos un matrimonio, ¿verdad?

Me pidió confirmación mientras entraban al comedor, abrazados. Luego me besó en la frente y fue a sentarse a la cabecera. Parecía que lo hubiéramos hecho toda la vida. Y que éste fuera uno de esos hogares de pioneros: el padre volvía de un día de peligros, y las mujeres lo esperaban con la sopa servida. Tal vez ahora bendeciría la comida.

—Además, en la tarde llegaron unos visitantes imprevistos. Ya te he contado cómo son mis compatriotas. Salen del país y se convierten en niños. El Cónsul tiene que llevarlos de la mano al baño…

—¿Tuviste alguna noticia de Enrico?

—Y eso por si fuera poco. Encontraron su avión intacto. Cerca de la frontera. Pero ni rastro de él. Al menos es lo que dicen...

—¿Y qué vino a hacer un exiliado a un lugar como éste? —intervine yo, mientras apartaba algo como una escama hacia el borde del plato.

—Quizá oyó hablar de nuestro clima —ironizó el Cónsul—. O supuso que en esta zona de fronteras a nadie le importaría un desterrado más. O quizá necesitaba un Cónsul al que fastidiar, y yo era el único en 2000 kilómetros a la redonda. Quién sabe...

Julia protestó:

—No hace falta que finjas cinismo. En este momento podría estar... —dejó en suspenso la frase, supersticiosamente.

—¿Muerto?... No lo creo, mi amor. Los hombres consagrados a una causa no mueren anónimamente. Necesitan testigos. Para que la historia los registre, o los absuelva, o una de esas cosas... Reaparecerá, estoy seguro. Y con mi suerte seguramente me lo devolverán a mí... Probablemente lo conocerás —me dijo el Cónsul—. Julia lo invita a menudo a cenar. No le basta con un solo hombre en la casa...

Era una broma pesada, con su "qué". Muy en el estilo ácido con el cual el Cónsul corroía el amor de sus amigas. Hasta gastar y borrar sus perfiles como monedas de coleccionista. Había asistido a todo el proceso en vacaciones anteriores. Aunque ninguna de esas había llegado a vivir con él, que yo supiera... En todo caso, parecía haber hecho la broma en mi beneficio. Y me reconfortó.

Hubo un silencio. Se oía el ruido de nuestros cubiertos sobre los platos. Por fin Julia contestó, tranquilamente:

—Es tu padre el que ha insistido en darle protección diplomática. Ya lo conoces: el alma de acero y el corazón blando...

No, no era como las anteriores.

—¿Y ahora qué harás?... —lo interrogó.

Era la misma pregunta que le había formulado el doctor Menéndez en la mañana. Y el Cónsul volvió a titubear:

—No sé. Esperar un día o dos, supongo. Gonçalves viajó a dirigir personalmente la búsqueda en la frontera. Trataré de comunicarme con él. Si no logro nada, iré yo mismo...

—Tendremos... —intervine—. Me llevarás, ¿no es verdad?

Julia me observaba, cogida por sorpresa. Y yo le sostuve la mirada.

...En cada una de mis vacaciones anteriores, siempre con el pretexto de mostrarme el país de su destino, el Cónsul inventaba alguna misión oficial y me llevaba. Hacíamos el reconocimiento de una zona fronteriza. O visitábamos a un compatriota de su jurisdicción que todavía no conocía al representante de su país... Partíamos más lejos todavía, dentro del ya remoto destino que había aceptado. Después enviaría un informe que en el insondable Ministerio de Asuntos Exteriores a nadie le importaba. Ni mapas, ni pasajes, eran necesarios. Sólo había que tener a mano la voluntad de escapatoria, de fuga, la huida de esa inmovilidad donde las cosas y las almas se asientan y corren el riesgo de echar raíces.

El Cónsul me sonrió un momento, abstraído, y respondió:

—¿Quieres ir? ¿Por qué no? Pero si llegamos a hacerlo será un viaje largo, te advierto. En esta época no me animo a ir en avioneta. Se avecina la estación de las lluvias. Hay tormentas eléctricas...

—¿No hablarás en serio...? —lo interrumpió Julia—. Las tormentas son lo de menos. Es peligroso, simplemente. No deberías ir. Y menos llevarla a ella. Es un territorio sin ley.

—Pues a mí me parece bien que no tenga ley... —le respondí.

—Quizá Julia tenga razón —intentó mediar el Cónsul—. Tendremos que pensarlo...

—Llévame —le supliqué. Y aunque no quería traicionarme, supongo que soné desesperada. No podía tolerar la idea de quedarme sola, quizá durante varios días, encerrada en esa casa. O quizá no podía tolerar que ésta ya no fuera más una decisión entre nosotros dos solamente.

—Tendría que pedirte un salvoconducto... —dijo el Cónsul al fin, mirando por lo bajo a Julia.

—No creo que debieras. Además, las guerrillas no aceptan salvoconductos —comentó ella.

Podía ser irónica, pero no era desafiante. No levantó la vista de su plato.

—Siempre te he acompañado. ¿Por qué ahora no puedo? Y ya soy mayor de edad, para que lo sepas... —subrayé, dirigiéndome a ella.

Nos quedamos mirando al Cónsul en la cabecera de la mesa, esperando su decisión. Sostenía la cuchara a medio camino del plato, como si el peso de nuestras miradas le impidiera levantarla. La sopa caía de su mano temblorosa. De pronto lo desconocí: parecía simplemente un hombre maduro, de vuelta de las guerras del amor, rendido por una mujer demasiado joven... Y creo que anticipé la siguiente palabra que salió de su boca:

—Mañana... —nos dijo—. Mañana lo resolveremos. A lo mejor no es necesario ir. Ni a la frontera, ni a ninguna otra parte...

Capítulo III

Había otras cantinas a lo largo de las dos o tres cuadras de portales del malecón Tarapacá. Pero el bar de Petrus, en el edificio junto a su oficina, era el del Cónsul. Aunque ahora no bebiera, mantenía sus hábitos. El primer lugar que buscaba al llegar a una ciudad, era el bar donde se haría conocido; y la única cara que le gustaba ver antes de irse, era la del cantinero. "Suele ser el único que lamentará de verdad tu partida..."

El dueño del bar permanecía en la fresca penumbra de azulejos, reclinado en su taburete junto a la registradora. Nos hizo una seña afectuosa al vernos llegar. El Cónsul me presentó. Petrus charló un poco conmigo. Dijo que consideraba al Cónsul como un hermano: ambos eran extranjeros, y antiguos nómades, y en cierto modo habían encontrado aquí, en el curso superior de estos grandes ríos, su tierra prometida.

—Esta tierra es pegajosa —me dijo—. Una vez que te acostumbras a sentir la camisa pegada al cuerpo, el resto del mundo te parece demasiado seco...

Por su parte, una gran huella de sudor pegaba la guayabera sobre la espalda de Petrus. Se había enrolado en el Pireo siendo un adolescente. Navegó durante más de tres décadas.

43

A los cincuenta se le ocurrió anclar definitivamente en Iquitos. Se enamoró de una mesera indígena, compró el bar y se casó con ella. Le parecía una paradoja, después de tantos años embarcado, haberse dejado amarrar en medio de un océano de árboles. Pero lo decía sin ninguna nostalgia. Se notaba que ninguna fuerza de este mundo obligaría al marinero a dejar su muelle de vasos y botellas, para bajar de nuevo los 3200 kilómetros que lo separaban del mar. La selvática exuberante no lo dejaba moverse. Hacía todo el trabajo descalza, y cantando. Y el griego la miraba desde la caja.

Escogimos una de las mesitas de la sombra, bajo los portales. El mediodía ecuatorial fundía el cielo. Una lámina de acero recién fraguada goteaba llamas sobre el puerto fluvial. Las mototaxis con sus toldos rayados corrían por la avenida. Los contrabandistas ofrecían sus cartones de cigarrillos de mesa en mesa. Y una mujer del Ejército de Salvación, con su tarro forrado, nos pidió limosna para un leprosario que mantenían en Caballococha... Tal vez Petrus tenía razón. Yo también me hallaba sorpresivamente cómoda, reconciliada con el mediodía, y con esa humedad que aceitaba todos los contactos con el mundo.

De pronto, la opulenta mujer del cantinero apareció con una botella de champán y cinco copas.

—Señor Menéndez, esto me va a permitir pagarlo a mí... —protestó el Cónsul.

—No la pedí yo —le contestó el Honorario, casi humillado por no haberlo pensado antes—. Y sobran dos copas...

No alcanzamos a devolverlas. Una mano rojiza palmeó el hombro del Cónsul.

—Permítanme invitarlos. ¡Estamos tan emocionados! Oír voces nacionales aquí tan lejos... Quisiéramos celebrarlo.

Se dice que los hombres, después de los cincuenta años, tienen el rostro que merecen. A éste la vida parecía haberle tatuado una máscara de la felicidad. El cráneo orlado por una infantil pelusa amarillenta, engominada. Unas arruguitas entrecomillaban la amplia sonrisa reparada con oros. Y sólo los irritados ojos verdes discrepaban con tanta alegría, lagrimeando sin cesar...

—Mi apellido es Rubiroza —dijo, extendiéndole una mano al doctor—. Y éste es mi adjunto, Lucas.

Nos presentó a un jovencito musculoso con una mata de pelo negro asomando de la camisa. El adjunto mascaba chicle, se rascaba la entrepierna, y no se molestó en saludarnos.

—Por favor, siéntense, acompáñennos —le pidió Menéndez. Nada parecía hacerlo más dichoso que conocer gente de nuestro país.

Rubiroza se sentó. Una leve panza le desabotonó el chaleco listado. Alguna vez había sido un traje de fantasía, de un celeste "tecnicolor". Ahora brillaba, allí donde no estaba manchado. En un momento había ordenado cosas para picar, elogiaba las bellezas loretanas.

—¿Llegaron hace poco? —inquirió el doctor Menéndez, con su mejor buena voluntad. Iría a ofrecerles también sus servicios de guía, como a mí.

—Anteayer, en el mismo avión de la señorita. Un vuelo inolvidable, ¿o no?

Lo había sido. El maltrecho bimotor de la Faucett se perdió al cruzar la cordillera. De pronto dábamos tumbos entre las camas deshechas de un banco de nubes. La tormenta eléctrica que dormía en ellas nos persiguió arrojándonos almohadones grises y perdigonadas de granizo sobre las alas. Al final, el avioncito magullado escapó apenas, dejando unas plumas de la cola en las garras del huracán que manoteaba sobre la vertiente oriental de la cordillera del cóndor.

—No nos vio —me dijo el recién llegado—, lo sé. Pero yo observé todo el viaje su cabecita, su cola de caballo. Me preguntaba quién sería esta romántica y valerosa muchacha sola, escribiendo en su cuaderno, volando en medio de una tormenta, hacia estos territorios salvajes... Dicho sin ofender a los lugareños, claro está. Esto tiene su gracia. Se parece a nuestras selvas frías, ¿verdad? Sólo que miradas con fiebre...

—Sí, los vi —repliqué yo.

Todos los pasajeros los habíamos visto... Esas cabezas al fondo del avioncito engrifado por la tormenta eléctrica; el escándalo que armaron; las llamadas a la única azafata, vieja, más aterrada que ellos. El joven rezaba en voz alta. De pronto se oyó el latigazo de una bofetada. Y estos ojitos verdes continuaban fijos en mí...

—Lo lamento. Me costó un poco controlar a Lucas. Era su segundo vuelo, ¿no es cierto, muchacho? —los dedos largos y rojizos como pinzas de cangrejo apretaron la rodilla del joven que coceó un poco—. Pero tal vez fue para mejor. Si no se hubiera mareado, estoy seguro de que habría intentado seducir a esta belleza...

Lucas me miró con esa expresión de desdén que da el mascar chicle. Después se llevó la mano al bolsillo trasero y extrajo un cortaplumas. Lo abrió y se puso a tallar algo en el asiento de la silla, entre sus piernas.

—¿Y qué lo trae por acá, señor...? —siguió averiguando Menéndez.

—La paz entre los pueblos —le contestó Rubiroza, alzando los brazos—. Estoy en comisión de servicio en nuestra Cancillería... ¿No es así, señor Cónsul?

El Cónsul no había abierto la boca hasta ese momento. Y todavía se demoró otro poco en contestar:

—Así parece.

—Ah, qué bien. ¿Debo entender entonces que ya recibió noticias del Ministerio?

—Un cable... —le dijo el Cónsul. Extrajo del bolsillo interior de la chaqueta un papel pautado. Reconocí el telegrama que había estado descifrando la mañana anterior. Se lo alargó. Rubiroza se negó con un gesto:

—En este clima mis anteojos se empañan enseguida. Andaría a ciegas si no fuera por mi lazarillo —dijo, indicando a Lucas—. ¿No sería usted tan amable de leernos las partes pertinentes? Se lo agradeceríamos, Cónsul... A veces, hasta uno mismo llega a dudar de su identidad estando en el extranjero.

El Cónsul titubeó un momento. Nos miró a Menéndez y a mí. Luego leyó la parte petitoria del oficio:

—"... Sírvase dar las facilidades que sean menester al Consejero Extraordinario, señor Tulio Rubiroza, y a su adjunto... Dios guarde a usía"...

Rubiroza repitió muy despacio: "Dios guarde a usía...". El adjunto continuaba afanado, trabajando con el cortaplumas entre sus piernas. Su jefe lo contemplaba con orgullo. Y de pronto le comentó:

—Ya ves, Lucas, qué maravilla es el mundo moderno. ¡La velocidad de las comunicaciones! En un santiamén hemos confirmado quiénes somos... —y se dio vuelta hacia el Cónsul—. Pero el telégrafo es mucho más veloz que la memoria de nosotros, los viejos... Usted todavía no me reconoce, ¿verdad?

Hubo un silencio. Rubiroza se puso de perfil. Los portales se empequeñecían vereda abajo. En cada columna, un cambista con su sombrero blanco y el maletín negro, lavaba monedas de los tres países colindantes. Los lentos policías que patrullaban el malecón hacían la vista gorda. Sólo los gallinazos vigilaban de verdad. Volaban en círculos esperando los desperdicios arrojados a la barranca. Y en un ángulo, el rostro plano de un indiecito en cuclillas acechaba los despojos de nuestro aperitivo, como un gallinazo más...

—La verdad, no estoy seguro. Me va a disculpar... —le dijo el Cónsul, finalmente.

—No se disculpe, han pasado quizá treinta años. Usted ha viajado tanto, habrá visto tanto —suspiró Rubiroza—. Y yo he cambiado. Además, soy mayor que usted. No se preocupe, entiendo. Por mi parte, los mejores años, los de la dorada juventud, no se olvidan...

—¡Del Ministerio! —dijo de repente el Cónsul, chasqueando los dedos—. Con razón creí haberlo visto en otra parte. Usted entró un año antes que yo, el '44 o '45... Estuvo en el departamento de "Africa y Oceanía".

—En "Lejano Oriente"... —corrigió Rubiroza, achicando sus ojillos doloridos—. Yo no me olvido. Coincidimos un año, antes de que se nos destinara por primera vez. Hasta nos tocó hacer juntos un turno de fin de semana. Dormimos en catres de campaña, en la Clave. El señor Cónsul, aquí presente, era la promesa de nuestra generación...

—Es verdad. Ya me acordé perfectamente —corroboró el Cónsul—. Usted se retiró al poco tiempo. ¿Y dónde estuvo después?

—Sanidad. Treinta años en Sanidad Pública, me temo... Pero ya ve, ahora he sido reincorporado. ¡Siempre se vuelve al primer amor...! —entonó Rubiroza. Y chasqueó los dedos entusiasmado, llamando a la mesera.

Petrus nos pidió paciencia desde su taburete. Ni para eso movía los peludos antebrazos canosos, apoyados sobre el mostrador de estaño. Una podía imaginarse cómo sería el cielo para el dueño de un bar: la barra llena, la copita del ouzo de la casa, la falda de la mesera, y la soñolienta campanilla de la registradora.

—Si me hubieran informado con más tiempo de vuestra visita, Tulio, les habría preparado una agenda... —observó el Cónsul.

—Yo podría hacerlo —se ofreció entusiasmado el doctor Menéndez—. Dispongan de mí. No sé qué áreas serán de su interés...

—Como le decía ayer al Cónsul: nos interesa el clima. En las actuales circunstancias, lo más valioso para nuestros jefes es conocer el clima en el exterior. ¿No está de acuerdo?

Rubiroza guiñó uno de sus ojos lagrimeantes. La pupila verde bailaba en el fondo del otro. Parecía la aceituna de un martini del que siempre estaba a punto de desbordarse una gota.

—No lo sé —intervino el Cónsul—. No he tenido el placer de conocer de cerca a nuestros jefes, como los llama usted...

—¿Y cuánto tiempo piensan permanecer con nosotros? —insistió el doctor Menéndez.

—La colonia residente... —le dijo Rubiroza, desoyendo su pregunta—. ¿La colonia es grande?

—Turistas en tránsito, más que nada... —le contestó el doctor—. Residentes hay muy pocos.

—Y cada vez hay menos, según entiendo —acotó Rubiroza—. Supe que se les extravió un as de la aviación. Un refugiado...

Hubo otro silencio. El doctor Menéndez se movió inquieto en su silla. Parecía buscar nuevos flancos de ataque para su hospitalidad. Finalmente se adelantó, iluminado por una idea:

—Si lo que les interesa es el clima —sugirió cándidamente—, puedo indicarles algunos programas turísticos. Estoy en el consejo local... Les recomendaría tomar el "Tour del Paraíso"...

—¡El Paraíso! —exclamó Rubiroza, encantado, siguiéndole la corriente—. Cuénteme más sobre ese lugar.

—Así es —continuó el doctor—. Existe la teoría de que aquí pudo estar situado el verdadero Jardín del Edén, ¿sabían ustedes? En una gran tierra boscosa y cálida como esta, rodeada de ríos. Lo dice la Biblia...

—No me diga. Qué fascinante. Pero eso debe haber sido hace mucho... Ahora, en menos de dos días, hemos visto casi las siete plagas: traficantes, indios degenerados, terrorismo. Y este olor a muerto...

Rubiroza se tapó su delgada nariz. El doctor basculó un poco en su silla. El golpe lo había pescado fuera de balance. Su bigotillo temblaba. Una podía imaginárselo en el consejo local de Turismo, dando ideas como "el Paraíso", para una campaña de promoción.

—No quiero meterme en sus asuntos internos, doctor, pero tal vez aquí les falta un poquito de mano dura —continuó Rubiroza, apartando el tarro que la benefactora del leprosario volvía a acercar a nuestra mesa—. Aquí se limitan a pedir limosna...

—Y a darla... —intervino el Cónsul—. La gente sólo pide limosna donde le dan... Quizá nosotros podríamos importar la idea, Tulio. ¿Qué le parece? Sospecho que la lepra sería un gran negocio de beneficencia en la avenida Apoquindo. Me han dicho que allá la caridad necesita desgracias cada vez más grandes para conmoverse...

El doctor Menéndez se puso de pie:

—Me van a disculpar, pero tengo un paciente... Cuando conozca bien nuestra tierra cambiará su impresión. No querrá irse, ya verá —le dijo en voz baja a Rubiroza.

Pero antes de reingresar al edificio, Menéndez se volvió a examinar el paisaje. Quizá le había entrado la duda. Quizá comparaba su lejano recuerdo de la patria adoptiva con el puerto fluvial donde había situado el Paraíso. Unas inmóviles nubes blancas se derretían en el cielo vacío de la selva. Se encogió de hombros, frotó subrepticiamente la plaquita de bronce donde figuraba su nombre y subió a su consulta...

—Espero no haber herido sus sentimientos patrios —nos dijo Rubiroza. Pero el arrepentimiento calzaba mal con los oros de esa sonrisa.

—El señor Menéndez no es rencoroso.

—Y nosotros tampoco, ¿verdad? Ya ve cuánto nos preocupa el refugiado ese, por ejemplo... Si hay algo en lo que pueda ayudarlo mientras permanezca aquí, Cónsul, sólo tiene que pedírmelo. Por último, puedo aconsejar. Soy un "Consejero Extraordinario", no lo olvide. Me imagino lo solitarios que deben ser, a veces, estos puestos en el extranjero...

El Cónsul tomó lentamente de su agua tónica. De pronto lo traicionaba un reflejo del antiguo bebedor: con la otra mano apoyaba la base temblorosa del vaso para no derramar. La nubecilla de mosquitos, que asediaba el gollete dulzón de su refresco, planeó un poco y volvió a posarse.

—No se preocupe por mi soledad... —le contestó finalmente—. Es un gaje del oficio para un Cónsul. Casi viene escrito en mis cartas patentes: soy el *único* representante oficial de nuestro Estado en esta jurisdicción.

Rubiroza asintió. Examinaba al diplomático con indisimulado placer. Parecía un viejo tahur reconociendo, por el estilo, la mano de otro.

—Por supuesto, Cónsul, por supuesto. Tiene razón —convino, echándose para atrás en la silla—. Cómo se nota que es usted un antiguo tercio. ¡Las cartas patentes!, claro que sí. Años que no las oía mencionar... No se preocupe por nosotros. Esta es su jurisdicción, usted es el responsable aquí.

Rubiroza quiso pedir la cuenta del champán. Pero Petrus le hizo una negativa desde dentro, sin moverse de la caja. Ya la había anotado en el crédito del Cónsul.

—Acéptelo como mi trago de bienvenida —dijo éste.

—¡Pero si usted no tocó su copa! —Protestó amargamente Rubiroza. Indicó el champán del Cónsul, intacto. Y de pronto encontró otro desahogo para su despecho:— ¡Lucas, te he dicho...!

Lucas se sobresaltó. Juntó las piernas ocultando su trabajo. Rubiroza le limpiaba unas virutas de los pantalones:

—Te he dicho que no hagas esto. Sólo los incultos y los boyscouts andan por ahí tallando cosas...

El joven dobló su cortaplumas. Lo guardó en el bolsillo de atrás. Parecía a punto de hacer un puchero. Rubiroza se puso de pie:

—Mis disculpas. Mi adjunto está en pleno proceso formativo. En otras cosas es muy correcto. Estoy tan feliz, señor Cónsul, tan feliz por este reencuentro. Señorita..., ha sido un placer. ¡Qué calor! En eso, este lugar se parece..., se parece a Pisagua, con árboles, claro, y humedad...

Los gallinazos se precipitaban bajo la baranda del malecón. Se peleaban los desechos de las cocinas callejeras. Rubiroza pestañeaba bajo la resolana, como si también él escarbara en busca de más comparaciones. Dejaba la impresión de que mientras no lograra nacionalizar este territorio, no podría dormir tranquilo.

Lo vimos alejarse por la terraza en dirección al puerto. Lucas giraba en redondo sobre sus botas de cowboy, y se quedaba mirándonos. Acerqué su silla hacia mí. Sobre el asiento de madera había tallado un profundo y deforme corazón, vacío.

—¿No son éstos los tipos que pasaste por la Policía de Inmigraciones, anteayer, en el aeropuerto? —pregunté.

El Cónsul carraspeó un poco. Se ajustó el nudo de la corbata. Me miraba, como si de pronto hubiera recordado que yo era de su misma especie. Y me dedicó una sonrisa resignada:

—Como ves, ya no hay puestos tranquilos en esta carrera. Ni siquiera estos destinos menores...

Capítulo IV

1

El amanecer es la única hora inocente en los trópicos. El aire fresco y liviano hace promesas que no cumplirá durante el resto del día. Es como la juventud, engaña sin querer. Y lo perdonamos, porque sabemos que pronto el húmedo sol corruptor estará allí, desengañándonos de todo, mucho antes del mediodía...

La tarde anterior, de vuelta del bar de Petrus, el Cónsul se había decidido bruscamente. Viajaría a la frontera para reclamar a su refugiado.

—Supongo que no habrá forma de convencerte de que te quedes —me había dicho.

Y no la hubo.

A las cuatro y media de la madrugada, el Cónsul estuvo junto a mi cama, despertándome. "Anna, Anna", había dicho, sacudiéndome suavemente por el hombro, "ya vamos a partir"... Creo que "partir" es la palabra que con mayor frecuencia le oí pronunciar en su vida.

Lo seguí subiéndome el cierre de los jeans hasta su cuarto. Desde la puerta lo vi terminar de vestirse. Había asistido muchas veces a este ritual masculino, sentada en la cama paralela, en los hoteles o residenciales de sus destinos anteriores. Se echó al bolsillo de la chaqueta el pañuelo blanco con unas gotas de colonia. Sopesó la petaca de whisky (donde ahora solamente llevaba agua). Bajó del armario su maletín de diplomático con las iniciales doradas en el borde y la cadenita de acero esposada a la agarradera. El maletín que usaba en las ocasiones —ésta sería una por lo visto— cuando era necesario impresionar autoridades locales con su investidura de mensajero oficial, de un poder remoto... Y terminó echándose en el espejo esa mirada neutral, escéptica. La mirada del que conoce demasiado bien aquel pode, como para ignorar que sólo se emplea a fondo contra sus propios servidores.

Había presenciado mil veces la escena, pero no contaba con este final. Antes de salir hincó una rodilla en la cama, hundió la nariz en la melena de su mujer dormida, en la nuca, y la besó.

Todavía no aclaraba cuando sacamos el jeep. Seguimos la ruta de penetración amazónica que nacía en la ciudad. A ratos la selva brumosa nos volvía las espaldas dejándonos pasar, indiferente; y de pronto se abalanzaba sobre el camino, desgreñada, rechazándonos con latigazos que dejaban un goterón verde chorreando sobre el parabrisas. El Willys derrapaba en las curvas, hundía la proa en los baches, capeaba lomas resbalosas buscando el ciego cauce de barro... Y de pronto, en un recodo, amaneció. Como amanece en las zonas ecuatoriales. El día detonó en el horizonte. Y en un segundo el enramado de nubes se inflamaba, quemando el cielo entero.

El Cónsul me sacó de mi contemplación:

—Fíjate bien. Todo lo que se ve a la derecha... Ofrecen venderme este campo. A nada; a un dólar la hectárea. Son miles.

La ruta se apartaba del río y nos llevaba por un terraplén, sobrevolando parcelas de cultivos anegados. De cuando en cuando, levantándose sobre los arrozales, unos hombres grises, flacos como garzas, saludaban nuestro paso sin esperar respuesta, sólo por erguirse del lodo.

—Entonces, ¿de verdad estás pensando en sentar cabeza?

—Tal vez. Me gusta la zona. Tiene una de las más bajas densidades humanas en el planeta, ¿sabías? Eso no tiene precio...

—La baja densidad...

—Exacto. Y por primera vez en mi vida estoy ahorrando.

—Yo te veo gastando...

El Cónsul continuó, sin hacerme caso:

—Esta es una tierra de oportunidades. La última gran frontera. Si el negocio del aire acondicionado rinde lo previsto, tal vez me convierta en pionero. ¿No te gustaría ser una colonizadora? —era el tono con el que de niña me inventaba historias para hacerme dormir—. Criaríamos cebúes, exportaríamos pieles de boa, nos levantaríamos al alba a pescar... Conquistaríamos esa selva. Y nadie volvería a saber de nosotros.

"Nadie volvería a saber de nosotros..." La onda expansiva del sol naciente nos alcanzaba dentro del auto. El Cónsul corrió las ventanillas y puso a andar un miserable ventiladorcito.

—¿Por qué no me dejaste venirme el año pasado? —le pregunté a quemarropa.

En realidad se me escapó. Había pasado los dos días anteriores, desde mi llegada, mordiéndome los labios, repitiéndome que no le preguntaría nada. Que no le diría cómo había roto sus cartas del verano anterior y el puntual cheque en dólares de mi cumpleaños, y había mandado decir que no estaba el par de veces que llamó por teléfono.

—Estaba casi recién llegado. Me acababa de mudar a la casa...

—Nunca nos hizo falta una casa...

—Quizá ahora me haga falta... Quizá he llegado a esa edad... —dijo él, enigmáticamente—. Además, no estoy solo.

—Ya me di cuenta... ¿Estaba contigo el verano pasado?

—Sí, la conocí casi al llegar. Pero Julia no tuvo nada que ver, si es lo que piensas...

Era difícil no pensar en Julia. Evoqué el bulto sinuoso, boca abajo en la gran cama, esa madrugada. El olor dulzón, liviano y a un tiempo espeso, marino. Vi la larga cabellera negra, derramada como alguna clase de alga que la marea de las sábanas arrojaba sobre la almohada.

—No la culpo a ella. Es simpática... —dije—. Pero realmente necesitaba venir el año pasado. Por lo demás, allá todo el mundo estaba pidiendo asilo en las embajadas. Podrías haberme dado asilo tú, que eres diplomático...

—Pensé que sería mejor así... —me dijo el Cónsul; trató de acariciarme una pierna, sin apartar la vista del camino—. Me pareció mejor que celebraras un cumpleaños en tu casa...

—Yo no tengo casa. Es de mi mamá, y su marido. Lo celebré donde Cayo, con ellos...

... Mi feroz abuelo materno, Cayo. El coronel de intendencia en retiro que me había preparado una torta de su invención, sin azúcares, que no picaba las muelas. Nadie pudo comérsela. Al menos así no habría riesgo de caries.

—De todos modos... —insistió el Cónsul—. Creí preferible que pasaras por lo menos un verano en el país, junto a tus amigas. Al fin y al cabo, tú no vas a vivir en el exterior.

Cruzábamos un puente mecano. Las vigas se hundían visiblemente sobre la tierra esponjosa en la que habían sido apoyadas. Dejamos atrás las zonas de cultivo, la avergonzada devastación del bosque arrasado. Y el primer indígena nos observó desde un tronco, en cuclillas, inmóvil como si estuviera tallado.

"Vivir en el exterior." Era una de sus nociones favoritas. El había tomado distancia para ver la vida desde donde uno no puede hacer ni recibir daño: desde el exterior. Desde el perímetro de esas cosas que la otra gente llama vida: la familia, la política, el propio país... Vistos desde esa distancia, a mí también me parecían irreales las severas Ursulinas, el viento azotando la playa negra de Santo Domingo, el par de reclutas con los cascos sobre la mesa del repostero, tomando café durante las horas de toque de queda en el Jardín del Este... Y esas caravanas de año nuevo para desayunar en el aeropuerto saludando los aviones que partían... Desde fuera todo me parecía más simple. Como el sol de medio metro de diámetro, polarizado en los parabrisas del jeep, la vida interior era una violenta fuente de energía, de la que quizá era mejor permanecer alejada.

El Cónsul detuvo el auto. Fue a orinar en el borde del camino. Muy arriba, en lo alto de la floresta nos acompañaba la carcajada seca de los papagayos, el ulular tristísimo de unos monos invisibles. Parecían sirenas de alarma advirtiéndonos que al acercarnos a la frontera, quizá dejábamos ese exterior en el que él siempre había querido vivir. Y quizá sólo yo pude hacérselas escuchar. Si se hubiera mantenido verdaderamente afuera —del amor, de la historia—, tal vez Enrico nunca hubiera llegado a aquella casa, yo no lo hubiera conocido, y... al Cónsul le habría ido mejor, y el mundo no habría empeorado un ápice. Tal vez estaría ahora mismo en otro puesto remoto. Algo en las Antillas Holandesas, cerca de la playa, con una mujer joven sacando solitarios en la estera, mientras él relee a Simenon...

Pero no. Entre otras cosas que aprendí ese verano, entendí ésta: no tiene caso disputarle su presa al destino; es un perro bravo, y al final siempre somos devorados por él.

2

Al mediodía llegamos a la fila del transbordador sobre el Napo. Nos pusimos en la cola de tractores, camiones militares, extraños vehículos todo terreno. El Cónsul apagó el motor. Abrí la portezuela. El paisaje me cayó encima como una manta húmeda.

Una miserable calle de chozas de lata y palo había germinado en ambas márgenes del Napo, sustentada en la lenta economía del transbordador. Dos peones indígenas apaleaban rutinariamente a unas mulas viejas, que a su vez hacían girar las oxidadas ruedas dentadas. Supongo que cuanto más se demoraran en el suplicio, mayor sería la ganancia de los escuálidos comerciantes. O tal vez sólo lo hacían para añadir su cuota de crueldad al despiadado paisaje.

Dentro de una de las chozas alguien encendió la radio. La emisora estatal aullaba proclamas para los caseríos aislados en la cuenca superior del Amazonas; el gobierno reclamaba soberanía en el territorio sin dueño de las tres fronteras; y adentro de la choza una bota desbordaba de la hamaca... Poco más allá un improbable asiático ofrecía refrescos de contrabando desde el esqueleto de un bus montado en tambores de aceite. Sobre el techo, un hombre minúsculo hacía ejercicios de artes marciales: pulverizaba a un enemigo imaginario con un bastón. Una tropilla de niños harapientos saltaba a los vehículos y frotaba los embarrados parabrisas con trapos aún más sucios. Enseguida corrían a enjuagarlos en la orilla de aguas hediondas del río. Y sobre ellos, sobre nosotros, ofreciendo tétricos sombreados que no cabía agradecer: masas compactas de mosquitos. El Cónsul bajó y pidió refrescos.

Un amarillento barco de palas amarraba en el único muelle. Los vendedores se peleaban por el privilegio de jalar de las cuerdas para acercarlo. La goleta almacén crujía y carraspeaba, como un viejo fumador sentenciado, exhalando una picante humareda de leña verde.

Un minuto después Rubiroza apareció en el puente, entre los racimos de banano y las bombonas de gas. Aun a esa distancia eran inconfundibles la piel de pavo, recocida por el sol, el traje celeste, listado. Apoyándose en el brazo de Lucas, saltó pesadamente al muelle. Treparon a duras penas la pendiente de barro hasta la carretera y se acercaron a nosotros.

—Cónsul, ¿qué hace aquí? —silbó Rubiroza, con el aliento corto que trataba de aumentar dándose aire con un sombrero.

Parecía sinceramente sorprendido de vernos. Como si tuviera más derecho que nosotros a estar allí.

—La llamada del deber: alguien me reclama en la frontera. ¿Y usted? ¿Viene por turismo?... —le preguntó el Cónsul, continuando el juego de cartas tapadas que habían iniciado en el bar de Petrus el día anterior.

—Maldito viaje, maldito país... —le dijo Rubiroza, golpeando el mesón—. Me cobraron 50.000 soles por un camarote con dos hamacas, y uno se ahoga adentro. Anoche tuvimos que dormir en la cubierta, entre los indios y los racimos de plátano.

Rubiroza se llevó la mano al vientre y se agachó un poco. Cuando logró enderezarse había angustia en esos ojillos verdes:

—¿Sabe usted..., sabe dónde hay un baño...? —le preguntó al Cónsul.

—Lo que usted llamaría un baño no lo hay en 100 kilómetros a la redonda. Pero puede intentarlo allá...

El Cónsul indicó la letrina negruzca a un costado del puesto de refrescos. Un par de camioneros esperaban su turno. Y el hombrecillo de las artes marciales aseguraba el orden... De algún modo Rubiroza logró abrirse paso y se precipitó dentro de la casucha.

Lucas se apoyó en el mostrador. Descabezaba un plátano con su cortaplumas. Lo imaginé aburriéndose en el barco de palas y haciéndolo astillas, tallando por todas partes esos corazones que dejaba vacíos... Rubiroza retornó, exangüe:

—...Algo que comí. Me lo habían advertido. Los capitanes envenenan a los pasajeros blancos para quedarse con sus pertenencias... Es siniestro. Aunque no vuelva a probar la comida me asesinará igual el olor de la cocina... ¿Pero cómo llegó usted tan pronto? Nosotros salimos ayer, poco después de encontrarnos en el bar...

—En auto. Por la ruta de penetración... —le contestó el Cónsul.

—Me informaron... Creí que no estaba terminada —comentó Rubiroza, desconcertado.

—¿Le dijeron que no llega a Caballococha, supongo...? En efecto, al final hay que transbordar a una lancha militar. Pero es más rápido que su barco...

Rubiroza gimoteó. Por lo visto, la sola mención de la nave le resultaba insoportable:

—...El capitán se detiene cada tres horas, en cualquier aldea insignificante como esta. Y truecan, lo creería usted, truecan: un puñado de sal por un saco de yuca. Como en el neolítico. ¿No es verdad?

Lucas no había oído la pregunta, pero asintió. No me quitaba la vista de encima. Y seguía comiendo plátanos de un modo asqueroso: pasándoles primero la lengua, como a un helado. Peló otro y me lo ofreció. La sirena del desastrado vapor levantó una alharaca de pájaros y vendedores, anunciando la partida.

Rubiroza volvió a curvarse. Desde allí abajo lo oímos pedir, con angustia:

—Si me pasa algo, Cónsul, prométame que cuidará de Lucas. Es un muchacho de toda confianza, descuide. Con decirle que lo he adoptado. Será mi heredero...

Desde su posición, nos quedó mirando. Tal vez esperaba que lo felicitáramos, como el padre de un recién nacido. Aferró la mano huesuda en el brazo musculoso de Lucas, que se apartó un poco. Rubiroza le reprochó sin fuerzas:

—¡Tan rebelde, tan arisco! En eso te pareces a mí... —declaró.

Y lo examinaba, comprobando el imposible parecido. Acezaba un poco, de calor o náuseas... Era como una perra vieja que ha robado un cachorro de otra raza, y lo lame y lo presenta, torpemente...

El Cónsul intervino:

—Descuide, Tulio. Usted sobrevivirá. Su estómago se está adaptando. Déle tiempo...

—Supongo que llegaré atrasado a la frontera; mucho después que usted. Si es que llego... —continuó meditando Rubiroza, sobándose el estómago. Examinaba notoriamente nuestro jeep.

—Al menos irá más cómodo. Me ofrecería a llevarlos, pero como ve, a la vuelta no tendríamos espacio. Si consigo que me entreguen al piloto, ya seremos tres.

—Llegaré atrasado —le insistió Rubiroza, azotando el sombrero contra una pierna—. Me habría gustado observar el procedimiento... Hablar con ese piloto. Su conducta nos deja mal. Al fin y al cabo, todos representamos a nuestro país cuando estamos fuera. No sólo usted.

El Cónsul pagó los refrescos. Indicó el transbordador que atracaba en la rampa de este lado. La plataforma, semihundida sobre sus tambores de petróleo, arribaba penosamente traída por las mulas apaleadas a mansalva. La fila se ponía en movimiento.

Rubiroza hizo un ademán de abandono:

—Usted no confía en mí... —se lamentó rutinariamente. Parecía un actor secundario, y ésta la línea del libreto para la cual siempre lo escogían.

El Cónsul lo palmeó en la espalda. Los huesudos omóplatos del Consejero Extraordinario apuntaban bajo la chaqueta rayada, como los muñones de unas alas cortadas.

—Hagamos esto, Tulio. Le ofrezco algo: lo autorizo a citarme en su reporte. Diga que valoré sus esfuerzos por hacerse presente. Incluso puedo hacerle yo un informe anexo. Espero que eso le ayude a justificar el atraso ante sus superiores. ¿Qué opina?

Rubiroza nos dedicó esa maltrecha sonrisa, donde hasta los oros se cariaban... Una sonrisa amarga, sin esperanza, que volveríamos a ver unas semanas después, y que parecía la constatación de todos los atrasos de su vida. La sirena del barco de palas lo llamaba, lúgubremente, al suplicio. Los vimos descender la barranca. Las perneras de sus pantalones rayados hechas un asco. Y Lucas les compraba bocadillos a todos los vendedores, antes de embarcar.

Abordamos el transbordador detrás del camión militar. La balsa se hundía hasta los bordes. Una película del agua rancia del Napo nos mojaba los zapatos. Era como el milagro de la caminata de Jesús sobre las olas. Sólo que aquí no había apóstoles, ni fe alguna que nos sostuviera. Nos sentamos en el parachoques del camión bajo la precaria sombra de su toldo. Adentro dormían apiñados los reclutas. El enemigo podía esperar, o era demasiado numeroso para enfrentarlo. El río zumbaba bajo el calor. Habría podido tomársele el pulso como a la arteria de un infartado. La hilera de vehículos quedaba atrás, derritiéndose bajo el sol. La escena tenía todo el aire de una evacuación; y una se preguntaba dónde habíamos sido derrotados...

—¿Por qué le ofreciste hacer un informe? —pregunté, sin ocultar mi decepción.

—Preferiría que exista también una versión mía. No sólo la suya. Para sus jefes, quienesquiera que sean. Pero no te preocupes. No hay ninguna probabilidad de que acepte...

—Entonces, ¿Rubiroza y tú tienen los mismos jefes...?

El Cónsul me quedó mirando. Una gota de transpiración le colgaba de la nariz. Finalmente me dijo:

—No sé. No sé lo que ha llegado a pasar en la Cancillería en estos años. A decir verdad, Anna, tampoco me imagino lo que ha llegado a ser nuestro país. He pasado demasiado tiempo afuera, supongo.

El amarillento barco de palas nos cruzaba gateando por la popa. Rubiroza se inclinaba sobre la borda; quizá vomitaba. Lucas me saludó: enarboló su plátano, y volvió a lamerlo.

Miré acercarse la orilla de árboles leprosos, blanqueados hasta la altura de las crecientes. Esta era la mayor floresta tropical del mundo, la mayor fuente de vida en el planeta... Sobre los inmensos troncos caídos, que alguna vez habían sido los patriarcas del bosque, crecían de inmediato, salvajemente, otros nuevos. Y a su vez éstos ya soportaban, agobiados, el peso de monstruosas enredaderas. A pesar del calor, ex-

perimenté un escalofrío. El arbolito, recién bro-
tado, crecía amarrado por la misma obscena
planta parasitaria que había estrangulado a sus
mayores; obligado a cargarla hasta el final... Y
yo estaba por cumplir 19 años.

Capítulo V

1

Al anochecer entramos a Tebas. La ruta de penetración nos había abandonado junto con el sol, dejándonos en una fangosa pendiente que bordeaba el río. Ya casi perdíamos la esperanza cuando avistamos un pueblo. Desde la oscuridad de la selva, los gritos, la música chillona, el melodramático cortijo español iluminado en el centro de la aldea, producían un violento ataque de irrealidad, como entrar en la escena de una filmación. Pero aquí nadie parecía estar a cargo y el libreto se había extraviado; quizá el director había sido secuestrado por sus actores.

El jeep se abrió paso entre las tiendas de un campamento minero que resbalaban por la barranca hasta el agua color violeta. En los mutilados arbolitos de la única plazuela algún entusiasta había encendido unas guirnaldas de luces. Las ampolletas chupaban el voltaje de un lejano generador; enflaquecían, para luego hincharse con una esforzada alegría.

Tebas había sido un puesto próspero sesenta años antes, en la era del caucho. Ahora una fiebre del oro, en algún lodazal cercano, lo retornaba a la vida. Los lavadores borrachos del campamento atestaban las cantinas sobre la plaza. Se los veía pagando sus cervezas con pie-drecitas, que pesaban en una balanza junto a las cajas. El pueblo se conocía en dos pasos. Había una serie de construcciones medio des-plomadas que fueron las bodegas de la hacien-da, el torno de un dentista taladrando el ano-checer, una escuelita de concreto pensada para otro clima; y las tres callejuelas que conducían sin remedio al embarcadero...

En el medio de la plaza sobrevivía el des-medido hotel, que alguna vez fue la mansión es-pañola del hacendado. El frontis lo engalanaba el único balcón de madera que no se le había podrido; como la medalla en el pecho hundido de un veterano. Las dos habitaciones que pidió el Cónsul resultaron ser un dormitorio inmen-so, dividido a media altura por biombos de ter-ciado agujereado. Las camas altas de fierro en-lozado podrían haber estado en la sala común de un manicomio. El ventilador gibado y chi-rriante se agarraba a lo alto de las mamparas, como un mono amaestrado que cada tanto de-bía soplar hacia su "cuarto" o el mío. Las cuca-rachas —o lo que fueran esos seres robustos que chillaban con voz humana al pisarlos— ju-gaban a las damas escondiéndose en las baldo-sas negras. Nada más, excepto unas increíbles cortinas de raso mohoso escoltando la gran ventana, como un par de viudas esperando inú-tilmente esa racha fresca que nunca llegaría.

El dueño del hotel era un ente albino, con una panza de embarazada. Registraba a los pa-sajeros en el comedor. Lo encontramos abani-cándose con un sombrero sudado, bajo el óleo cubierto de moscas del primitivo propietario. Sobre la mesa tenía un enorme libro de contabilidad con demasiadas cifras rojas, y un explicable martillo de subastador. Y de pronto una se daba cuenta de la intención, del parecido: el retrato del abuelo vasco que había sangrado estos bosques sesenta años antes; y al pie su descolorido descendiente, que esperaba sin hacer nada la revancha final de la selva.

Misteriosamente, el albino encontró energía para enseñarnos a usar la ducha, un estanque de WC cuya descarga había que aprovechar de un golpe. Luego nos salió a dejar en la escalinata de piedras mohosas. La noche se había cerrado como un puño en torno de la aldea. Ofreció una linterna, para el retorno; cinco soles extras. La compañía explotadora apagaría el generador a las diez. El martilleo de una dínamo repasaba las afueras del pueblo; una máquina de coser pespunteando un parche de luz sobre el trapo húmedo de la noche. Finalmente el hotelero se levantó la camisa, frente a la plaza. Le mostró al Cónsul la barriga hinchada:

—Tengo parásitos... —dijo, como si esperara que lo felicitáramos.

—Lo lamento —contestó el Cónsul, sin desagrado. Estaba acostumbrado a que confundieran su maletín de diplomático con el de un médico. Y quizá lo era: doctor en una ciencia cuya única receta era el cambio de aires, la amputación de las raíces, la expatriación.

—Necesito un purgante nuevo... Mi lombriz ya se acostumbró al anterior.

El Cónsul desengañó al albino. Lo dejamos en su umbral, frotándose la panza. No parecía tan decepcionado; tal vez llevaba demasiado tiempo embarazado de su lombriz, y lo habría apenado deshacerse de ella. Mientras tanto, nos indicó al otro lado de la plaza la única cantina donde encontraríamos algo que llamar comida.

—Vamos a registrarnos primero a la Comisaría —me dijo el Cónsul—. Todos los extranjeros deben hacerlo, en cada pueblo cerca de la frontera.

El cuartel de policía bloqueaba el extremo de una calle. Pudo haber sido la capilla en tiempos de la hacienda; y le quedaba algo de lugar sagrado: con sus bancos donde aguardaban los pecadores, las imágenes de "los más buscados" clavadas en los muros, y el alto mesón de la guardia tras una baranda en el fondo. Hasta el cabo parecía un sacerdote agobiado por su responsabilidad; y las almas seguían perdiéndose.

Nos registramos y volvimos a la plaza. Grupitos de buscadores de oro apostaban en cuclillas contra unos incomprensibles juegos de azar. Al verme pasar algunos apostadores levantaron la cabeza y me dedicaron esa mirada de los hombres solos, de rencor sexual, como si yo fuera la prueba que les faltaba de su mala suerte.

—Somos los únicos extranjeros en el libro de guardia, además de un norteamericano, llamado Kurtz —oí comentar al Cónsul, más para sí mismo. Miraba alrededor como si esperara cruzárselo, lo que en realidad debía ser casi inevitable.

—Al menos, debemos ser los únicos que cumplimos con registrarnos —le contesté yo.

Nos sentamos junto a la ventana de la cantina. Una pareja se peleaba exactamente bajo nuestra baranda. El era ciego y ella parecía su lazarilla: una india adolescente, descalza. La ceguera era la enfermedad de esa región. La transmitían unas moscas; verdes o rojas, nunca lo supe. El doctor Menéndez me había contado de familias indígenas que vagaban a tientas por la selva. El hombre increpaba a la jovencita, mirando sin ver, en la dirección equivocada. Muchos ciegos lo compensan desarrollando más otro sentido. En el caso de éste serían los celos. Y aquí no podían faltarle motivos. Las únicas otras mujeres que vi estaban en el campamento; una carpa militar con un puñado de prostitutas chillonas. Parecía tan loco e impredecible que podía ser un amor verdadero: los dos lloraban. Cada tanto la muchacha juraba algo, con su extraña modulación indígena. El ciego ubicaba la voz, intentaba abofetearla, y luego bajaba la mano temblorosa sobre los senos puntudos, sobre las anchas caderas. Ella aferraba esa mano como si quisiera ayudarlo a borrar de la vista del mundo un cuerpo que sólo él no podía mirar. Esas cuencas excavadas por una cuchara de helado, y la lazarilla descalza sobre el barro, podrían haber sido la imagen de la desgracia; y no obstante, de esas manos entrelazadas emanaba un amor básico, como el hambre...

El Cónsul averiguó en el mesón lo que había para comer. Mientras tanto pedí dos cervezas. Supongo que sólo para provocarlo. Las brahmas de contrabando, heladas, parecían un truco en la noche pegajosa. El Cónsul no tocó la suya. La cambió por una de esas gaseosas mal teñidas de anilina.

—Así que de verdad ya no bebes... —dije.

—Lo dejé.

—Y entonces ¿para qué tienes ese botellón de whisky en la casa? —le pregunté, recordando el galón sellado de White Horse, que reinaba en lo alto de la licorera; un obeso ídolo, sentado en su pequeña mecedora de metal, embriagado en sus propios oscuros designios.

—Es por la moral. No tiene gracia vencer a un enemigo ausente. —Me respondió el Cónsul; y contraatacó:— Pero parece que tú me has tomado el relevo... Tu madre me escribe que te sorprendieron con unas compañeras, entrando cervezas al colegio.

Ahí estaba, al fin aparecía. La carta cerrada de Leyla, que como una portadora de mi propia sentencia le había traído al Cónsul. La traidora ciudad me había seguido. Llegaba hasta estas callejuelas de arcilla barrosa, como enmantecadas, donde el ciego celoso, y los lavadores de oro con las manos vacías, y la violencia coagulándolo todo.

—¿Y de qué más me acusan?

—Dice que estás a punto de perder el curso. Sería un récord: tres colegios en cuatro años... —silbó el Cónsul—. Es casi para felicitarte...

—Ella cree que tengo que terminar interna.

—¿Y tú qué crees, Anna?

—Todo lo contrario. Creo que tengo que terminar en el *exterior*. Lo más *externa* posible...

El Cónsul se rió. Me tomó la mano. Lo echó a la broma. Se mató algo sobre el cuello, uno de esos minúsculos mosquitos que más que picar, mordían.

—Tienes carácter... —afirmó, melancólicamente, como el ciego hubiera dicho: "tú puedes ver".

Y cambió de tema. Seguía siendo bueno, el mejor, en el arte de cambiar de tema:

—¿De verdad te gustó nuestra casa? —me preguntó.

Evoqué el bungalow asediado por las trepadoras, el ronroneo de la selva, el barro vivo que suspiraba en la orilla del mismo río que aquí daba otra vuelta, llegando sólo para irse. Asentí.

—Al fin te decidiste a poner una casa... —dije, por corresponder en algo a su entusiasmo.

—Fue una oportunidad. Casi un regalo. Los diplomáticos no pagamos el impuesto de transferencia, ni tenemos que hacer declaraciones de situación. Piden mil papeles para evitar que los barones de la droga laven dinero comprando propiedades. Y el resultado es que aquí nadie puede vender ni comprar nada. Excepto un diplomático. Son las pequeñas compensaciones de ser nombrado cónsul en un lugar así. Y si uno puede aprovecharlas...

—Ya veo, la compraste como inversión...

—Y por Julia... —reconoció lentamente el Cónsul—. Cuando la conocí yo vivía en el hotel Palace... No era lugar para mantener un romance. Sobre todo en esa ciudad donde todo el mundo espía a todo el mundo. Supongo que debe haber una divinidad inmobiliaria que le sonríe a los enamorados. Salí un día con esa idea fija y...

...La había encontrado casi de inmediato, en el barrio de casaquintas de las afueras, colindando con los arrozales, las plantaciones de yuca, la selva... Antes de darse cuenta el Cónsul volvía a tener, después de tantos años, una casa en forma; con mujer incluida, y hasta un perro perdido que apareció en la puerta, como si sus anteriores dueños le hubieran enseñado a reconocer la palabra "hogar"... Parecía demasiado perfecto. Como en una comedia norteamericana de suburbios, sólo faltaba el final feliz.

—¿Y te acostumbras a vivir así? —le pregunté.

—No es el paraíso, pero...

Pensé que a mí no podía engañarme. Desde que lo conocía lo había visto preparándose para perder la felicidad. De algún modo, a los seis meses, al año, las serpientes de la rutina y la impaciencia siempre asomaban en sus "paraísos".

El Cónsul hizo un gesto defensivo hacia su vaso. Reconoció la gaseosa teñida y la dejó con una mueca en la mesa grasienta. Sobre el anterior círculo donde había estado el vaso ya se pegaban los mosquitos.

El generador, a lo lejos, dio dos puntadas más y murió. A la máquina de coser se le acababa su hilo de luz en algún punto de las afueras del pueblo. La esforzada alegría de la guirnalda que cruzaba la placita no supo sobrevivirle; sus ampolletas se apagaron de a una. Era como si alguien fuera corriendo el cierre *eclair* de una bolsa, uniendo las dos mitades de la noche. Las radios también callaron, y durante unos segundos oímos al ciego sufrir todavía, alumbrado por la inagotable llama de sus celos. No podía saber que la oscuridad lo había igualado por un momento al resto de los hombres. Y que ahora nadie podía mirarle a su muchacha.

Me acerqué al Cónsul. Instintivamente busqué refugio. Alguien dijo: "Las diez"; y la lámpara de acetileno colgó de una mano sobre nuestra mesa...

2

Volvimos al hotel alumbrándonos con la linterna arrendada en cinco soles. El albino parecía incrédulo de que hubiéramos regresado; como si temiera que sus pasajeros pudieran encontrar algo mejor, incluso en ese pueblo.

—Doctor —le dijo al Cónsul—, doctor, tenemos un enfermo, tiene que verlo.

Lo tomó por el brazo. Nos llevaba por un corredor en dirección opuesta a nuestros cuartos.

—Acaba de llegar en el barco. Es un compatriota suyo...

Rubiroza estaba en cama; sus amarillentas y engominadas mechas en desorden. La placa de muelas, puesta en un vaso de agua sobre el velador, parecía una extraña flor carnívora. Lucas se comía un plátano sentado a sus pies.

—Cónsul —dijo Rubiroza, sin levantar la cabeza hundida en el almohadón. Su voz era casi inaudible—. Me dijeron que traerían a un doctor.

—Hay una pequeña confusión por aquí. ¿Cómo se siente? —le preguntó el Cónsul.

—En las últimas. Los envenenadores del barco triunfaron. Lucas me vengará... Si es que quiere heredarme.

Lucas no parecía mayormente interesado. Excepto en su plátano. Y en mostrarme subrepticiamente sus bíceps que flexionaba moviendo el puño hacia adentro.

—No creo que haya un médico de verdad en este pueblo. Tal vez en el campamento minero tengan un practicante. Iré por ayuda —dijo el Cónsul, volviéndose.

Rubiroza enderezó la cabeza, levemente reanimado:

—No hace falta. Su sola presencia ya me ha hecho bien, Cónsul. Me da confianza. Si muero aquí, al menos usted repatriará mis viejos huesos, ¿verdad?

—Debe ser sólo un mareo. El río da muchas vueltas, aunque usted no se dé cuenta. Mañana se sentirá mejor, y cualquier camión del campamento los llevará de regreso.

El Cónsul me hizo una seña y nos dirigimos a la puerta.

—No es la primera vez que el Cónsul me deja en mi lecho de muerte... —oímos que le comentaba Rubiroza a su hijo adoptivo.

Nos dimos vuelta. Todavía meneaba la cabeza tristemente sobre el almohadón. Hubo un silencio de esos en los que parece que arde una mecha...

—Discúlpeme, Tulio, pero no sé de qué está hablando... —le dijo el Cónsul.

—Comprendo que no lo recuerde. Tal como el otro día usted no me reconoció... —la máscara mortuoria de Rubiroza se trizaba un poco, reblandecida por una sonrisa ácida—. Además, no me refiero a usted personalmente, Cónsul. Los que me dejaron en la estacada fueron unos perfectos extraños: esos jóvenes que fuimos alguna vez. Los viejos cuidamos de los viejos. Pero los jóvenes pasan tan fácilmente sobre el compañero caído. Ninguno de nuestros compañeros de generación levantó la voz, ni una miserable protesta, cuando me echaron hace treinta años...

—Pensé haberle oído decir que renunció —intercaló el Cónsul.

—No renuncié. Nunca he sabido renunciar a nada, Cónsul. Ese es mi problema, siempre lo he querido todo; y al mismo tiempo... Me echaron. Y usted lo sabe...

—Oí rumores... —dijo el Cónsul, diplomáticamente.

—¡Rumores! ¡Eso fueron! —protestó Rubiroza incorporándose un poco en su "lecho de muerte".

Se filtraba un preciso matiz de complacencia en su rabieta: saber que el Cónsul había estado haciendo memoria sobre su ex compañero. Luego volvió a hundirse en la almohada. Su voz era tan débil que nos obligaba a acercarnos a la cama para escucharlo. Se habría dicho que esperaba vernos tomar nota de sus últimas palabras:

—Siempre he pensado que los primeros diplomáticos de verdad fueron los atletas que iban de todas las ciudades griegas a las olimpiadas. Usted, yo, nuestros compañeros, éramos como esos atletas: hermosos, jóvenes, idealistas; íbamos a correr por el mundo con nuestro mensaje de paz... Yo tenía puestas las zapatillas de clavos. Cuando el disparo sonó salí antes que nadie. Me habían destinado como Cónsul adjunto en Río de Janeiro. Mi primer y único destino, a los 22 años. Mi carrera estaba empezando con el pie derecho. Estaba lanzado. Veía delante de mí, recta y despejada, la pista de cenizas del Servicio. Bien digo —dijo entrecerrando más los párpados bolsudos, encantado con su imagen—: la pista apisonada con las cenizas de los embajadores muertos antes que nosotros. Sentía la carrera ganada. Y entonces...

Rubiroza hizo una pausa. Se diría que iba a

entrar en coma. Su salud caía más bruscamente que el barómetro en esas latitudes. Miró sin fuerzas hacia su velador. Parecía compadecer intensamente el vaso largo, donde reposaba su placa de muelas.

—¿Entonces qué pasó? —Lucas lo seguía ansiosamente, con los ojos redondos, y el plátano olvidado en una mano.

—La zancadilla... —dijo Rubiroza, exhalando lo que parecía un último suspiro—. Me hicieron una zancadilla.

—¿Pero quién te hizo esa zancadilla? —quiso saber Lucas, indignado. Parecía creer que su padre adoptivo había sido realmente alguna clase de atleta en su juventud. Y estaba dispuesto a buscar al tramposo.

—Llamémoslo el amor... El amor me hizo una zancadilla en Río. Me enamoré de quien no debía, quizá me propasé en algún cóctel, y se supo en el Ministerio.

—Tal vez sólo era un tropezón en la partida... —intentó bromear el Cónsul.

—No fue así. Me dieron a elegir: la dimisión o un traslado de castigo, a Neuquén. Esperé que mis compañeros saldrían en mi defensa. Sólo había intentado amar libremente... Pero nadie se pronunció. Nadie envió una carta, nadie...

—Tal vez sus compañeros esperábamos que usted aceptara esa destinación de castigo. Al fin y al cabo, la indiscreción es un defecto mayor en un diplomático.

—¿Me está hablando en serio? ¿Después de mi éxito en Itamaraty? ¿Pasar de Río de Janeiro a la Patagonia? ¿Dejar mi piso soberbio, junto al hotel Novo Mundo, sobre la playa de Flamengo, desde donde se veía y olía la carne de la gloria...? —cerró los ojos, temblaba un poco, de fiebre o excitación—. Pasar directo, sin escalas, a las boleadoras y los ñandúes. ¡Para evitar un escándalo que yo no reconocía como tal!

—¿Y tú qué hiciste? Yo les habría mandado una bomba... —dijo Lucas, blandiendo ferozmente su plátano.

—Eran otros tiempos, Lucas. Otros tiempos... Envié mi dimisión. Intenté quedarme en Río. Tenía algunos cruzeiros ahorrados, y un amor. A los 22 años no podemos saber que los cruzeiros y el amor duran más o menos lo mismo...

—¿A dónde quiere llegar, Tulio? —le preguntó el Cónsul.

—Esa no es la pregunta. La pregunta es a dónde *quise* llegar... ¡Quise haber llegado a las Naciones Unidas! Quise haber visto el mundo... Al menos quise haber ido tan lejos como usted ha venido, Cónsul...

En ese momento el albino volvió con una bandeja, un vaso, y una botella de whisky que puso sobre el velador.

Lucas desalojó la placa de su vaso y le sirvió un trago a su tutor. Le ofreció el otro al Cónsul.

—¡Beba, beba conmigo, por los viejos tiempos! —lo animó Rubiroza enderezándose en la cama—. Este es el mejor antídoto contra cualquier veneno. Y contra la nostalgia.

El Cónsul rechazó el vaso:

—Veo que se siente mejor...

—Es verdad, la conversación con usted me hace el efecto de una medicina. Creo que un par de charlas más como estas, y me recuperaría por completo. ¿Qué tal si continúa el tratamiento mañana y nos lleva con usted? —preguntó Rubiroza, acomodándose los almohadones, paladeando su whisky.

—Se lo expliqué cuando nos encontramos en el transbordador. Lamentablemente, no tendríamos espacio al retorno.

—¡Pero estamos en el mismo equipo! —protestó Rubiroza incorporándose todavía más. Casi creí que haría un puchero. La sábana dejó ver su raquítico pecho blanco. Parecía el busto de una estatua, la de algún tardío emperador romano; y la cabeza enrojecida por el sol había sido agregada mucho después por un falsificador.

—Esto no es una competencia olímpica —le dijo el Cónsul, mientras abandonábamos la habitación.

Y desde el corredor lo oímos gritar:

—¡Usted no puede negarse! ¡Usted y yo somos de la misma escuela...!

3

El albino vino a ver si necesitábamos algo más. Revisó los mosquiteros, encendió las velas y los espirales de repelente. Registró la enorme sala divida por esas mamparas a media altura, como si nos preparáramos para una difícil travesía a través de la noche. Por lo menos, todo ese movimiento creaba la sensación de una inexistente corriente de aire. Después se quedó mirándonos, abanicándose. Tal vez todavía esperaba que el Cónsul accediera a auscultarlo...

—¿De qué hablaba Rubiroza? ¿Por qué nos

contó eso? —le pregunté al Cónsul, en cuanto se fue el hotelero.

—Fue una historia turbia. Tal vez se cometió una injusticia. No lo recuerdo bien. Supongo que uno va enterrando etapas de su vida... Y cree que entierra a la gente con ellas.

La vela del Cónsul proyectaba su sombra en ángulos bruscos mientras se desvestía. De pronto volaba por el cielo raso; de pronto se arrastraba como un comando bajo la mampara, hacia mi sector. Aunque el viaje me había molido, parecía infinitamente temprano para irse a dormir. Desde el campamento llegaban ondas de risas y música. La humedad coronaba la llamita de mi vela con un pequeño arco iris.

—¿Qué esperas para acostarte? Mañana partiremos temprano —dijo el Cónsul desde su cama.

Me recosté vestida. No deseaba que este viaje terminara. Por lo menos aquí me sentía más en mi elemento: con el Cónsul en una habitación de hotel. A esa edad nada me gustaba más, creía yo, que vivir en hoteles. Quizá podríamos quedarnos allí, en Tebas, a mitad de camino de ninguna parte. Colgaríamos el letrerito de "no molestar" en la manila de afuera, y cuando volviera la electricidad, el porfiado ventilador giraría la cabeza cada tanto diciéndonos que no nos levantáramos... Recordé esos moteles camineros, en nuestras vacaciones anteriores. Vi los estacionamientos de tierra apisonada, laqueada por el diesel, donde parpadea una flecha de neones. Recordé esos añorados consuelos del viajero: las sábanas frescas, el jaboncito en miniatura, el Nuevo Testamento. Evoqué en alguno de esos paradores, una de mis muñecas sentada en el velador entre sus remedios de hombre solo: la última novela de Simenon, la cubetera y la botella de Grants, el frasco de somníferos... Desfilaron por mi mente otras habitaciones que habíamos compartido. En Sierra Leona, las ratas en el baño, los fusilamientos públicos detrás del palacio de gobierno; en Saigón antes de evacuar, los pantalones de seda blanca de las niñas prostitutas, más chicas que yo; el tufo a orines en la Rua das Laranjeiras...

Oí el raspar de un fósforo. El Cónsul encendía un cigarrillo al otro lado de la mampara. Lo oí aclararse la garganta, preguntar:

—¿Y cómo está ella? ¿Cómo está tu madre?...

Era un trato que siempre habíamos respetado. No hablábamos de ella. El Cónsul no la mencionaba y yo no se la traía a la memoria. Salvo, quizá, con mi propia presencia. Aunque hacía lo posible por no parecerme a ella. Por no vestirme como ella; por no parecer un mueble de estilo en una revista de decoración conservadora. Desde hacía años me regalaba vestidos que le vinieran a su último sofá, zapatos que no desentonaran con las alfombras. Yo la insultaba apareciendo con mis jeans rotosos, con mis escandalosas minis y las piernas sin depilar, justo cuando la fotografiaban en la terraza para otra de sus campañas de beneficencia. Decían que en el rostro afilado, en las manos largas, en cierta determinación del carácter, me parecía. Y yo me lavaba la cara con jabón neutro, me comía las uñas, y había empezado a pintarme los labios de un rojo oscuro, furioso, tan distinto de la línea pálida, apretada, de su sonrisa.

—Como siempre —contesté—. Organizó

una Bienal de Anticuarios, un beneficio para salvar el pudú, o un bicho de esos en extinción.

—No andan bien las cosas entre ustedes, ¿no?

—No andan —le aseguré.

—Tal vez debieras facilitarle las cosas...

—¿Yo? ¿A ella? ¿A ella?

Me revolví en la cama. El sudor me pegaba la nuca a la almohada. Había una rara afinidad entre mis recuerdos y el lecho que ocupaba. Ambos despedían un olor rancio. Estuve a punto de contarle: los pasos furtivos en las escaleras, la puerta del baño abriéndose, la zarpa manicurada de Lamarca azotándome las nalgas... Y en las calles, temblando como una bandera, el miedo.

—Sí —dijo el Cónsul, desde el otro lado—. Para ella también debe ser difícil. Verte crecida, grande, linda... Siempre tuvo pánico a envejecer.

—No la justifiques. No lo soporto. No quiero volver a verla...

—Nada se soluciona huyendo.

—¿Quién lo dice? —pregunté ferozmente.

¿Lo decía el hombre que en una década había tenido seis destinaciones distintas? ¿El mismo que pasaba por su país como un cometa errático, cada año bisiesto, sin deshacer las maletas?

Oí al Cónsul soplar su vela.

—Buenas noches, Anna —dijo desde el otro lado, desde la oscuridad.

Sentía que me ahogaba. Me levanté y crucé el dormitorio. Abrí las celosías y me asomé al balcón. Casi me di un cabezazo con la luna llena. Todo un planeta blanco temblaba sobre la vasta llanura de árboles.

Inevitablemente me acordé de otra luna. Aquella que habíamos compartido diez años atrás, en un puesto consular muy urbano y nórdico, viendo en televisión uno de los primeros lanzamientos del programa Apolo. Tendría yo siete u ocho años. Fue la primera vez que le pedí que me permitiera quedarme con él. Y en lugar de eso me habló de mi futuro, y me dijo que esperaba que fuera distinto del suyo.

Creo que lo que veíamos era la primera caminata espacial. Un astronauta flotando en el vacío del espacio exterior. Tenía siete u ocho años y en el televisor se hablaba dc "la humanidad". Pero yo no sabía lo que era eso. Nosotros estábamos como ese hombre allá arriba: solos y afuera. Mi madre se había ausentado por motivos que yo todavía no comprendía o no tenía permiso para saber. El Cónsul me miraba de un modo nuevo. Por primera vez me hablaba como a una persona casi mayor. Me dijo seriamente que me había tocado, me tocaría, vivir una nueva era y que me envidiaba... Que me envidiaba los viajes que se podrían hacer, las distancias, las conquistas y los descubrimientos, lo lejos que iría la humanidad de ahora en adelante. Me habló de los nuevos mundos que me esperaban, y dijo que ésa era la razón casi olvidada, por la que él mismo había salido a viajar una vez; pero que sus viajes no eran nada, ni habían ido lo suficientemente lejos, ni se podrían comparar, con los que yo haría.

Hacía calor esa noche en el hemisferio Norte, aunque no era nada comparado con esta selva. La gorda marioneta daba ridículos y blandos saltos en el vacío (la mano gigantesca escondida tras el telón negro del espacio, tirando de sus invisibles hilos). "Es una gran noche, quisiera tener tu edad esta noche", me había dicho. Yo puse más hielo en su vaso de whisky (ésa era mi tarea y estaba orgullosa de ella). Después, instintivamente, eran los albores de la televisión en directo, y uno sentía ganas de corroborar en la calle lo que aparecía en la pantalla; salimos a la puerta del Consulado. No sé qué buscábamos: un guiño humano entre las estrellas, un reflejo de la nave blanca que orbitaba esperando al astronauta. Quizá en todo el barrio, y tal vez en toda la ciudad báltica y el hemisferio, había padres en las calles explicándoles el cielo a sus hijos. Pero ahora, veinte años después, pienso que tal vez el Cónsul trataba de explicarme a mí algo más: el vacío sideral, el silencio absoluto que rodea al hombre que se ha alejado demasiado.

Después entramos en el Consulado. El Cónsul bajó el volumen del televisor. Se quedó mirando la pantalla en silencio, con su whisky apoyado en el pecho, y al rato vi que le caían, una después de otra, dos lágrimas dentro del vaso. Yo pensé que lloraba por la soledad de esa marioneta que caminaba en el vacío, o "por el futuro de la humanidad", tal vez. Y quise consolarlo. Y entonces me lo dijo.

Me dijo que mi madre no volvería. Que se había cansado de viajar, o de él, que era lo mismo. Que se había enamorado de otro hombre, se casarían, y se establecerían en el remoto país al que decíamos representar. No me dijo quién era el otro. Aunque yo no podía entender siquiera qué significaba enamorarse; ni habría notado qué diferencia hacía que mi madre hubiera puesto pies en polvorosa con el exitoso, arraigado e inmobiliario tío Lamarca, que ya era dueño de media patria, más o menos. Y que sólo después de un mes, o casi, le hubiera mandado un telegrama explicándose y reclamándome. En lugar de eso, el Cónsul me habló del futuro. Me dijo que por mi "futuro" —y era como si hablara del futuro de la humanidad—, yo no podía quedarme con él y debía irme.

Poco después de eso el Cónsul pidió su traslado. A partir de entonces se lo destinó cada vez más a menudo, cada vez más brevemente, a lugares cada vez más desconocidos, remotos algunos, no así de lejanos pero tan inalcanzables como el espacio exterior. Desde ellos me llegaban postales cuyas estampillas coleccioné. Unas apretadísimas, taquigráficas tarjetas, o unas lentas, translúcidas cartas con membrete de hoteles en general famosos o muy exóticos, el Raffles de Singapore, el Afrikaner de Cape Town, en los que eventualmente habitaba, tomaba aperitivos, me escribía cartas trasnochadas... Preferí esas cartas a los juguetes que para las navidades me traía la Valija del Ministerio. Juguetes más bien aburridos o serían extraños o exóticos, o nadie me enseñaba las reglas del juego con ellos. Permaneció en el exterior desde entonces, "destinado" como se llama a esto en la carrera, y en esa medida más pequeña, familiar en vez de mundial, resultó cierto que esa noche se inició un nueva era para nosotros.

Dejé el balcón abierto. La noche de Tebas, con su ciego enamorado y el campamento de los bárbaros, entraban en un solo bloque de humedad a la habitación... Me desvestí. Me saqué las botas. Metí el mosquitero bajo el grumoso colchón. En la ventana, la luna de la selva vibraba, golpeada por el calor como un gong.

—¿No puedes dormir? —preguntó el Cónsul desde su cama.

—No puedo respirar...

—Ya te acostumbrarás. Al principio yo también me ahogaba. Hasta que aprendí a no luchar, a no oponerle resistencia.

Me pregunté si a mí también me llegaría un momento en el que aprendería a no luchar...

—Te has entregado... —dije por fin.

Hubo un silencio. Después el Cónsul apareció apoyado en la mampara divisoria, recortado contra la gran ventana donde vibraba la luna. No lo había oído levantarse, ni sus pasos desnudos sobre las baldosas. Iba en calzoncillos, fumaba. Volví a admirar el cuerpo ágil, correoso, del tenista maduro que comía poco. Sólo la punta del abdomen delataba al bebedor arrepentido.

—¿Qué pasa, Anita? ¿Vamos a hablar claro? ¿Estará celosa mi novia?

—Ya te dije en el auto que no se trata de eso. Pero no me dejaste venir a quedarme contigo...

—Hice esa opción hace años: tú no vas a ser como yo.

—No te molestaría en nada. Siempre seguiste con tu vida. Te podría ayudar en el Consulado. Y me pagaría la comida. Ahora escribo 120 palabras por minuto, ¿sabías? ¿Qué ha cambiado?

—En seis meses o un año me odiarías, Anita, y querrías irte. Siempre ha sido así conmigo. En la vida sólo he encontrado una manera de conservar el amor...

Yo sabía perfectamente cuál había sido ese truco: alejarse. (¡Y qué poco sabía él que esta vez no le funcionaría!)

—¿Y Julia? Llevas más de un año con ella...
—le recordé.

—Tal vez ella es más resistente. Tiene sangre indígena, ¿sabías? O tal vez sea yo el que está más flexible. Quizá he llegado a una edad en que lo importante es no estar solo la noche en que me dé un ataque... ¿No crees?

Se detuvo. Tal vez pensaba que me administraba una dosis demasiado alta de cinismo para mi edad.

—Lo que creo es que no me quieres contigo. Y yo no tengo un lugar. Ni allá, ni acá.

Sentí que iba a llorar y me di vuelta en la cama para que no me viera.

Entonces el Cónsul apartó el mosquitero y se acostó a mi lado. Con una firme e irresistible suavidad me atrajo hacia él. Lo abracé. Sentí el olor a tabaco, a transpiración, a su colonia en la pelambrera canosa del pecho. Oí en el fondo el duro y lento corazón del hombre mayor. Y le mojé el hombro con mis lágrimas, como cuando chica.

El Cónsul me consolaba, a su manera:

—Me quedan cinco o diez años antes de retirarme, Anita. Y la verdad, antes de conocer a Julia no encontraba ninguna razón para vivirlos. Lo único que pedía era pasarlos lo más lejos posible. Para no tener que esconderme, para no tener que fingir ante nadie. Y menos que nadie, ante ti... Además, yo sé la adicción que produce esta vida. Tuve miedo, tengo miedo, de que me sigas y un día des la vuelta y no encuentres un camino de regreso... Pero no hablemos más ahora. Estamos juntos, y mañana seguiremos viaje, los dos...

—No me hagas volver. No puedo. No quiero volver...

En lugar de contestarme me acunó en sus brazos. Entrelacé mis piernas a las suyas, sudorosas. Me apreté más a él. Y de pronto lo oí roncar, con un suave, pacífico estertor. Todos dormían en el decrépito hotel a la orilla del río.

Y afuera alguien pasó cantando. Tal vez el ciego se había reconciliado finalmente con su muchacha...

Capítulo VI

1

Es extraño cómo podemos encariñarnos hasta con los lugares más salvajes. Basta con amanecer una vez en ellos y decirnos que nunca volveremos. Sentí una sorpresiva nostalgia cuando el jeep dejó atrás Tebas. Los amores del ciego y su muchacha, el enorme cuarto embaldosado, y el albino embarazado de su lombriz que salió a despedirnos, me parecían de pronto una familia. La sensación de final puede ser el más seguro acicate del amor; y de la compasión. Hasta un dolor que va a terminar merece compasión; es un ser vivo que va a morir... Y adelante en el camino sólo nos esperaba la selva oscura...

La ruta de penetración se estrechó, internándonos en una zona de pantanos, rellenada con los troncos gigantescos del desmonte. Creía sentirla cerrándose detrás de nosotros; los ríos crecían y se llevaban los puentes mecano; los transbordadores se hundían; la piel de lagarto de la selva cicatrizaba la herida de la carretera, cortándonos la retirada. El griterío de monos y pájaros no me dejaba ni pensar. Era preferible. Cuando lo hacía no podía apartar de mi mente la conversación de la noche anterior.

¿Habría encontrado el Cónsul, el peregrino, un lugar donde detenerse finalmente? ¿Y en tal caso, cuál sería el mío? ¿Dónde en el mundo? Viéndolo zigzaguear con habilidad entre los árboles negros del pantano, decidí que no. Este era el hombre que había conocido; en autos, aviones o trenes, siempre en movimiento, en fuga, hacia adelante.

De pronto algo, uno de los parachoques tal vez, se soltó, y su golpeteo de latas rebotaba y se devolvía de la bóveda de la ciénaga. Lo coreaban manadas de monos rojizos, armando una batahola más confusa aun que· mis propios pensamientos. Se habría dicho que éramos un par de recién casados, perseguidos por los amigos borrachos, arrastrando tarros en pos de su luna de miel.

—¿Falta mucho? —pregunté.

—No lo sé, pero no hay modo de pasarnos. Donde la ruta se termine, ahí es...

Ya no era hora de darnos la vuelta, no había cómo. Si se nos hubiera aparecido un camión de frente habríamos tenido que arrojarnos al agua para dejarlo pasar. El camino tenía una sola dirección y había que seguirla, a donde nos llevara.

Acabamos en ninguna parte; la trompa del auto recalentado abrevando en una laguna viscosa. El paisaje tenía algo cómico, los monos araña chillando entre las ramas, unos yacarés bostezando; la laguna del lagarto Juancho... De repente teníamos dos soldaditos con los rifles automáticos apuntando a través de las ventanillas laterales. No me pasaban en altura y eran igual de flacos que yo. Volví a sentirme crecida, grande, protagonista de una verdadera aventura. Ambos parecían más asustados que nosotros. Acariciaban intimidados el lomo del jeep último modelo. Lo rodearon varias veces como si fuera alguna clase de superarma secreta que hubiera caído de una nave espacial directo a la prehistoria. Creo que si el Cónsul hubiera tocado la bocina en ese instante, el claxon grande sonando en el hueco de esa arboleda, los habría ahuyentado hasta perderse.

El Cónsul se identificó. El que parecía de mayor rango hizo consultas nerviosas por radio. Unos minutos después apareció zigzagueando una lancha artillada.

La abordamos. Tuvimos que viajar agachados, evitando el azote de las ramas, entre un laberinto de canales. De pronto desembocamos bruscamente expulsados a la sucia vastedad del Amazonas. El Cónsul me indicó un punto impreciso de las aguas color té con leche por donde pasaba la frontera. Al frente, la orilla idéntica a la que bordeábamos, ya era otro país: Colombia.

La lancha bordeó la costa a cierta distancia, manteniéndose dentro del canal de la corriente. Dejábamos atrás un poblado achatado por el sol, embancado en una isla de arcilla. El campanario encorvado, sentado a orillas del agua, parecía la silueta de un hombre sin esperanzas:

—El leprosario de Caballococha —me informó el Cónsul—. Y allá lejos, sobre los árboles, está el puesto fronterizo...

Sólo cuando ya teníamos casi encima las redes de camuflaje, logré distinguir el emplazamiento. Una ciudadela de palafitos se encaramaba en el aire, suspendida a quince metros del agua, entre las ramas. Una voz pesada y carraspienta nos cayó de lo alto del puesto como un saco de arena:

—¡Pirata! ¡Qué hace tan lejos de su país!

Trepamos una serie de puentes colgantes sostenidos por cables de acero.

—¿Y usted qué hace tan lejos de su Prefectura, Gonçalves? —le contestó el Cónsul, tomando aliento.

El Prefecto de Iquitos era un serrano enorme, con la mirada inteligente y los pies pequeños. Tenía fama de instruido. Decían que había estudiado dos o tres carreras por correspondencia, en sus diversos puestos de provincia; incluso literatura. Se rumoreaba que había sido revolucionario en sus tiempos. Por algún motivo terminó, sin embargo, en la policía de Investigaciones. Quizá era su vocación. "Hoy por hoy ya nadie conoce el alcance de esa palabra", me había dicho el Cónsul. O era, pensé yo, viendo ese fortín sobre las ramas, ese castillo en el aire, que venirse a esta frontera resultó la ficción más grande que pudo encontrar. Sufría mucho con el calor. El Cónsul le había facilitado la importación, con privilegio diplomático, de un equipo de aire acondicionado para su auto oficial. A cambio éste le regaló las obras completas de Vallejo. Era un buen conocedor y disfrutaba discutiéndolas.

—Le presento a mi hija... —dijo el Cónsul.

El Prefecto me examinó. Ladeaba la gran cabeza, listada por un par de nítidos mechones canosos. Y quizá había una nubecilla de nostalgia en sus ojos achinados. Después supe que tenía un par de hijas, tal vez de mi edad, a las que no veía casi nunca. Dijo:

—Aquí me tiene, pues, señorita, preocupado de los asuntos de su padre...

—No nos apene, Gonçalves... Usted no habría venido hasta acá sólo por un extranjero indocumentado, que perdió el rumbo. Supongo que son ellos los que lo preocupan...

Habíamos llegado a una pasarela en lo alto del puesto. El Cónsul indicó la otra margen del Amazonas, del lado colombiano. Un par de lanchas de competencia se correteaban entre los islotes, empinándose con cada aceleración. Preguntó:

—¿Otra batalla en su guerra privada contra los barones?

—Ya no hay nada privado, y usted debiera saberlo, Cónsul. Por lo menos aquí. Hasta la vida más particular es un asunto de Estado.

Detrás de Gonçalves, un hombre intentaba abrirse paso en la estrecha pasarela. Aunque era más alto que él, la masa de Gonçalves le bloqueaba el paso. Finalmente, el Prefecto giró un poco y nos lo presentó:

—Mr. Kurtz, un observador de la DEA.

Kurtz nos hizo una venia, tendió la mano incómodamente desde atrás, dijo "hi".

—Encantado —respondió el Cónsul—. Vi su nombre en el registro de policía en Tebas. Extraño no habernos cruzado...

—Quizás dormía. Cuando viajo en esta zona prefiero dormir de día y proseguir de noche. Para evitar la deshidratación, sabe usted.

Hablaba un español demasiado perfecto para saber su procedencia. Probablemente se lo habían inoculado en un laboratorio de idiomas; parecido a las vacunas, cuyas marcas se advertían en el antebrazo. Tenía el pelo rubio ceniciento muy recortado y llevaba una camisa a cuadros con una corbatita de lazo. Resultaba intimidador imaginar la disciplina necesaria para llevar esa corbatita en aquella humedad. Intentó seguirnos por la escalera que conducía a la torrecilla del puesto, pero Gonçalves volvió a bloquearlo. Pronto iba a descubrir que en las luchas de poder el Prefecto tenía esa ventaja: le bastaba mantenerse dentro de su centro de gravedad para desequilibrar a un enemigo. El americano quedó abajo, en manos de un suboficial, con su cara de mormón ofendido...

Entramos en la torrecilla: una penumbra sofocante, esponjosa, herida sólo por las hachas de luz de las troneras. Unos grandes binoculares sobre pivotes apuntaban al otro lado del río. Gonçalves tenía siempre alrededor un par de escoltas, atentos a sus órdenes. Al lado de su mole, se veían chicos, feos e idénticos, como pequineses. Entre los dos desocuparon una silla para el Cónsul, otra para mí.

—Entonces, Cónsul... —dijo Gonçalves, con una sonrisa de satisfacción—. Veo que finalmente los problemas de su país han llegado hasta nosotros. Me gustará verlo intervenir, tomar partido...

—Se equivoca. He venido aquí estrictamente como un mediador. Eso hace un diplomático. Soy neutral. ¿No ve mi bandera blanca? —dijo el Cónsul, indicándome.

—Se ve muy bien... —Le reconoció Gonçalves, sonriéndome; y otra vez percibí esa nubecilla de nostalgia. Me sorprendí teniéndole simpatía; más aún, queriendo que fuera mutua. Continuó:— Pero aquí nadie es neutral. Es culpa de la humedad, ¿sabe? Cual más cual menos, el calor nos moja a todos. Esto no es un país, Cónsul, es un clima...

—No para mí. Como usted sabe, tengo inmunidad diplomática. Y si el calor arrecia enciendo el aire acondicionado. A propósito, recibí unos nuevos folletos...

—¡Qué maravilla! Me dirá ahora que vino a ofrecerme un negocio. Sabe que lo admiro, Cónsul. Es usted tan modesto... Hasta prefiere pasar por interés su sentido de la responsabilidad...

—Sólo estoy ganándome mi sueldo. Y aumentándolo si puedo... En cambio lo suyo, Gonçalves, sí que es inexplicable. Esta campaña contra la corrupción en un lugar donde corromperse es lo natural. Parece usted un cruzado. Y no veo que vaya ganando, si me permite que se lo diga.

—Dígalo, dígalo no más. También me lo escribe mi ex mujer. Mes por medio, desde Lima, con cada nueva demanda de alimentos que me pone. Dice que busqué el nombramiento en Iquitos sólo para estar lejos, ganar menos, y darles poco a ella y a las niñitas... En todo caso, yo vine hasta acá en hidroplano. En cambio usted ha hecho el peor camino del mundo, arruinando su lindo jeep importado, únicamente para hacerse cargo de un compatriota. ¿No es eso ser responsable...?

—También habría venido en avión, pero ustedes detuvieron al mejor piloto de esta zona.

—¿Nosotros? —Gonçalves se dio vuelta aparatosamente. Fingió buscar al par de suboficiales que se habían desvanecido unos segundos antes hacia la pasarela:— ¿Una detención? ¿Y de un piloto extranjero? Sería algo grave, un posible conflicto diplomático... Yo tendría que estar al tanto...

Se notaba que habían jugado antes esta partida; que ambos la disfrutaban; que Gonçalves prefería este duelo verbal a una fianza en regla.

—Voy a averiguar... —continuó el Prefecto—. Pero, mientras tanto, ¿de verdad cree que se puede permanecer inmune en nuestros países?

—Por eso estoy en la diplomacia. Para no meterme en los asuntos internos de nadie. Ni en mi país, ni en el suyo.

—Cuidó a este piloto mientras estuvo enfermo, le consiguió un trabajo. A un posible delincuente. Ya está implicado...

—El auxilio es un deber consular. Se hace sin mirar a quién... En eso somos como curas. Yo no castigo, ni perdono pecados. Hay otro poder para eso.

Conocía ese discurso suyo. A menudo, tarde en la noche, con un vaso en la mano, lo había oído compararse con un cura. ¿Acaso el Cónsul no era también célibe? ¿Acaso no daba partidas de nacimiento, celebraba matrimonios, y de vez en cuando le cerraba los ojos a un muerto?... Un cura de pueblo, sólo que laico y en el extranjero. Como a un sacerdote, también su poder le venía de lejos, de una fuente invisible, que a veces parecía haberlo abandonado...

Aun así, el Cónsul nunca se quejaba: el diezmo de sus visas habitualmente era suficiente para los gastos de la sacristía; el pedido de Escocia llegaba puntualmente; y a menudo encontraba alguna feligresa más que generosa. Y lo principal: si cumplía sus deberes con un tanto de sacrificio y otro de astucia, nunca tendría que volver a su tierra.

—En todo caso, para ser un cura vive muy bien acompañado, Cónsul —repuso Gonçalves, echándose para atrás con los ojos ranurados de malicia—. El amor también significa implicarse...

—No creo...

—Ultimamente se lo ve casi feliz...

—¿Quién dijo que no hay que confundir la fisiología con la felicidad? —dijo rascándose la cabeza el Cónsul.

—...Sus amigos en el Casino empezamos a sospechar que puede haber un ser humano bajo ese blindaje de cinismo diplomático.

—Proyecciones suyas, Gonçalves. Es usted el que tiene que dormir con el chaleco antibalas.

—¡Ah, este Cónsul! —dijo Gonçalves, renunciando—. No hay por dónde agarrarlo. Le envidio su inmunidad.

—Es cuestión de práctica. Hace muchos años que aprendí a no responder por los actos de nadie, y menos los de mis gobiernos. Soy sólo un Cónsul, recuérdelo Gonçalves. Represento al *Estado*, a la *Nación*; no al gobierno o el líder de turno. Tiempo hace que les dejé ese trabajo a los embajadores y ministros plenipotenciarios.

...Pensé que dejaba sin mencionar otras ventajas de ser sólo un Cónsul, en un puesto remoto, en aquellos días. Desde hacía dos años sus colegas más ambiciosos, en las embajadas y legaciones importantes, debían andar con guardias, abrirse paso a codazos, cuando no esquivar nubes de huevos podridos el Día Nacional. Aquí le había llegado un solo exiliado. Aunque fuera de esta mezcla imposible: un piloto de guerra desterrado, que se había negado a disparar sus cohetes, que había preferido la Corte Marcial...

—Tarde o temprano terminará comprometido, atado en un lugar, Cónsul, y por donde menos lo espere —continuó Gonçalves.

—En ese momento precisamente, pediré mi traslado. De funcionario a funcionario, Gonçalves, le sugeriría que hiciera lo mismo. Usted es demasiado bueno para esto.

Mientras hablaba, el Cónsul iba pasando las sucias hojas del libro de guardia que tenía sobre la mesa.

—Ya pedí mi traslado antes —repuso Gonçalves—, varias veces. Y vea dónde estoy... Aquí es lo más lejos que puedo llegar. No tengo el mundo en mi jurisdicción, como usted. Jamás he salido de este país. Cuando vengo a este puesto suelo mirar a través de esos anteojos la frontera colombiana y brasileña, y jamás he cruzado. En fin, supongo que éstos son mis límites.

Gonçalves aplastó un mosquito de un guantazo sobre el libro de guardia. Una estrellita de sangre quedó sobre la página pautada. Retiró el libro con suavidad de las manos del Cónsul.

—No lo va a encontrar aquí —dijo por lo bajo, sonriendo.

Los escoltas aparecieron. Eran tan parecidos que ambos tenían las mejillas acribilladas por el mismo perdigonazo de viruela. Traían tres vasos de ese licor de corteza de árbol que había visto en el bar de Petrus. Gonçalves puso una mano sobre el mío:

—Mejor no le demos de beber a la jovencita. Hay que tener el estómago firme para el chuchuasi...

Aparté su mano. Era pesada y blanda, como un guante de albañil relleno de cera; y transmitía confianza. Me bebí el contenido del vaso, una baba repugnante, pero helada. Gonçalves se rió a gritos:

—¡Hija de tigre tenía que ser...! —Y en el

102

mismo acto, volviéndose hacia uno de los suboficiales, bramó:— ¿Hemos detenido a algún aviador extranjero?

El interpelado no se atrevió ni a negar ni a asentir. Se miró en su compañero como en un espejo. Gonçalves retornó triunfante hacia el Cónsul:

—Lo ve. No está "detenido". Digamos que lo pusimos en cuarentena, se acercó demasiado a un foco infeccioso que tenemos por acá.

Afuera el altavoz del puesto empezó a gritar instrucciones. Me asomé a una de las troneras. Un pelotón de sinchis con sus trajes atigrados saltaban de una barcaza, trepaban las escaleras, y se metían en sus cuarteles aéreos como una manada de monos.

Gonçalves vio la hora en su reloj de esfera negra; tenía una de esas correas de malla metálica, baratas. Se lo cambió de muñeca. Se acababa el tiempo para la charla amistosa. Dijo:

—Desde anoche hay dos compatriotas suyos aquí, con papeles oficiales. Un tal Rubiroza, con su ayudante...

El Cónsul lo miró asombrado:

—¿Rubiroza? No puede ser. Estaba enfermo, punto menos que agónico anoche, en Tebas...

—Y antes de amanecer ya estaban aquí. La fe mueve montañas. ¿O será la DEA? El señor Kurtz los tiene en muy alto concepto; llegaron en una de sus lanchas rápidas. Se presentaron como colegas suyos, Cónsul, diplomáticos...

—Eso dicen sus papeles.

—Dígamelo usted, Cónsul. Le toca saberlo. Según me ha dicho, usted es el ministro de fe de su país aquí. Supongo que su Ministerio le informaría, supongo que nuestra amistad le incitaría a informarme a mí... ¿A qué vinieron?

—Oficialmente: en una gira inspectiva por diversos puestos consulares... ¿Dónde los tiene ahora? —inquirió el Cónsul.

—El viejo está en la enfermería para un lavado de estómago. Nada grave. Y el tal Lucas lo cuida. Se quieren mucho... ¿De verdad es su hijo...?

—Adoptivo, según parece —contestó el Cónsul.

—Su "colega" Rubiroza es un hombre terco: casi no se podía tener en pie, e igual insistía en interrogar al prisionero. Tuve que convencerlo de que no lo haría.

—¿Y cómo lo logró?

—Sencillo: declaré al piloto incomunicado. Y mis hombres fingieron darle un poco de trato rudo —sonrió Gonçalves—. Pero temo que hoy Kurtz pueda conseguir otras órdenes.

—Creí que usted era la máxima autoridad en esta zona...

—Y yo creí que usted ya había entendido mejor a nuestro país, Cónsul. A veces hay *poder* en esta zona, pero nunca hay *autoridad*... De hecho, si anoche yo no hubiera estado aquí, tal vez se lo habrían llevado...

—¿Adónde? Ni siquiera le han formulado cargos, que yo sepa...

Gonçalves sonrió melancólicamente:

—Ni yo tampoco... Y ahora, sobre las operaciones de este audaz compatriota suyo... Usted siempre ha parecido bien informado; él le tiene confianza. ¿Supongo que ahora no hay nada más que yo debiera saber y que usted podría decirme, Cónsul?

Por primera vez, Gonçalves examinaba al

Cónsul tomando distancia. Parecía que lo estuviera poniendo mentalmente de frente y de perfil, como en una rueda de sospechosos.

—Si yo supiera algo nuevo, usted sería el primero en enterarse... O el segundo, por supuesto, después de mi Cancillería —le contestó el Cónsul.

—Por supuesto... —repitió Gonçalves. Y añadió un fatigado suspiro que más parecía una capitulación: ante Iquitos, ante el tormento de llevar 110 kilos en esas latitudes, ante la naturaleza humana... Tomando el teléfono gritó una orden incomprensible.

Uno de los suboficiales empujó al prisionero dentro de la torrecilla. Ya éramos demasiada gente y el cuarto se llenó. El techo de hojas de hirapai trenzadas bajaba sobre nosotros. El piloto quedó de pie en el centro, esposado. Tendría menos de treinta años. Llevaba el pelo largo hasta el cuello y una barba negra cerrada. Los gruesos labios partidos, amoratados, no calzaban con la sonrisa irónica, desafiante, que trataba de imprimir en ellos. Un profundo corte sobre la ceja le había goteado de sangre la camisa; las gotas rojas se habían licuado y ampliado sobre las grandes manchas de sudor del pecho y las axilas.

—Buenos días, Enrico —saludó Gonçalves—. ¿Durmió bien?

—¿Ha dormido alguna vez en una jaula?

—Lamento que no aprecie nuestras instalaciones. Pero no esperábamos alojados. La próxima vez podría avisarnos de su visita. En todo caso, como ve, acaba de llegar la caballería a rescatarlo.

El prisionero reconoció de a poco al Cónsul. Lo deslumbraba la relativa oscuridad. Pestañeaba como si también esperara de él un golpe que no terminaba de llegarle.

—Demoró bastante la caballería —comentó.

—Es que usted vino bastante lejos. Precisamente de esto conversábamos con el Cónsul. ¿Podría repetir, en su beneficio, la entretenida historia que nos contó a nosotros? ¿Qué hacía usted sobrevolando esta zona prohibida?

—Ya se lo he dicho mil veces. No tenía idea de que fuera prohibida.

—En realidad, no hemos puesto letreros...

—Se lo repito, mi grupo de turistas no se presentó. Tenía el avión disponible todo el día, un tanque lleno y un cielo sin nubes; algo que aquí ustedes no tienen casi nunca. Me tenté...

—Se tentó... —repitió Gonçalves.

—Sí, me tenté. Usted no puede saber lo que es eso. Usted no lleva un año atascado en este hoyo queriendo irse. Era una mañana despejada, sin turbulencias, y tenía todo el cielo para mí...

—Y debe haber querido recorrerlo todo, realmente... Voló casi 300 kilómetros —dijo Gonçalves.

—Me sentía a mis anchas...

—Hizo evoluciones peligrosas, dice mi reporte. Parecía que marcaba posiciones, hacía señales de humo.

—Cualquier aviador le dirá lo que hacía. Practicaba un poco de acrobacia aérea: loopings, tirabuzones, hice una caída libre. Dañé los flaps y me vi obligado a acuatizar...

Gonçalves resopló:

—¿Y de verdad pretende que le creamos? ¿Que un piloto de su experiencia, autor de las hazañas que nos ha relatado, se alocó haciendo un circo aéreo sobre tres fronteras, en la cuenca misma de la droga...?

Por mi parte, viéndolo así, con su pantalón negro desgarrado en las rodillas y los absurdos zapatos de vestir sin sus cordones, soplándose infantilmente el mechón que le tapaba la vista, me pareció imposible no creerle. Y lo hice. Aunque si yo hubiera sido mayor, algo en esos ojos demasiado claros, en la magullada sonrisa desafiante, podría haberme advertido que él contaba con ello; que era uno de esos hombres violentos que siempre esperan compasión de las mujeres.

—Me da lo mismo lo que crea —le respondió Enrico.

—Cónsul, no tengo paciencia para esto. Lo procesaría, pero supongo que eso sería entregárselo en bandeja al señor Kurtz y sus amigos. Lléveselo ahora, antes que su colega se recupere. Queda arraigado, con prohibición de salir del radio urbano de Iquitos, y menos del país, hasta que sepamos qué hacía en esta zona. Lo dejo bajo su responsabilidad, Cónsul. Ya ve cómo siempre terminamos por ser responsables de algo. O alguien...

Gonçalves salió sin mirar al piloto. Lo vi enfocar los binoculares en la barandilla exterior, observar el otro lado de la frontera, donde nunca había cruzado.

Uno de los escoltas desencadenó a Enrico. El Cónsul abrió su maletín, sacó el sello y el tampón, timbró el recibo donde le indicaban y firmó encima.

—Esto no se va a quedar así. Ahora soy yo el que quiere saber por qué se me detuvo. Tengo status de refugiado. Quiero hacer cargos... —protestó Enrico al Cónsul, sobándose las muñecas.

—Cállese la boca y aprenda a dar las gracias...

Bajamos en fila india. Las escaleras se cimbraban entre los árboles. Cuando llegamos al bote artillado vimos a Gonçalves despidiéndose desde uno de los puentes colgantes. Kurtz gesticulaba a su lado y nos indicaba. El Prefecto, impertérrito, le bloqueaba el paso sentado en un nido de ametralladoras. Parecía una gorda ave de presa empollando quizá qué huevos de guerra.

—Nos vemos en Iquitos —gritó por un altavoz, cuando nos alejábamos, rendido a lo inevitable.

2

Suele compararse la vida con un camino. Ojalá lo fuera. Los caminos pueden regresarse, y se hacen incluso más fáciles de vuelta. En cambio, la vida me ha exigido que transcurrieran diez años, y tomar este último vuelo nocturno con el Cónsul, en el boeing que en la pantalla electrónica ya está por tañer la línea del ecuador, para empezar a desandar esta memoria.

Aquella vez, en cambio, empleamos menos de una jornada retornando por la ruta que ya conocíamos, hacia Iquitos.

Poco después de salir, Enrico cayó dormido en el asiento trasero. Con sus labios partidos, y las manos juntas bajo una mejilla mostrando los moretones de las esposas, parecía aún más indefenso. Como un niño fugado cuya mejor excusa será exhibir las heridas de su escapatoria, para que sus padres no se atrevan a castigarlo.

Despertó sólo al atardecer cuando íbamos a bordo del transbordador, repasando el Napo. Compartíamos el trayecto con una mototaxi: el triciclo de las calles de Iquitos, con su carrito bajo el toldo a rayas y la Honda 125 adulterada que lo tiraba. El conductor lisiado que se me aparecía en todas partes desde que llegué, en el Jirón Próspero, frente al hotel Palace, y en la puerta del Consulado, sacaba quizá qué cuentas sentado en su carrito. El Cónsul había salido a fumar apoyado en el tapabarros del jeep.

La pinchada bolsa de sangre del sol ecuatorial se vaciaba y achataba rápidamente, enrojeciendo el horizonte. El río inmenso y sólido resbalaba en una sola pieza, incontenible y sin fuerza propia, como una chorreadura en una bandeja.

—¿Dormí mucho? —me preguntó el piloto, restregándose los ojos.

—Cinco o seis horas —contesté.

—No me dejaban dormir. Me interrogaron todas las noches...

Hablaba mirando hacia afuera. Era evidente que su mente estaba en otra parte. Volando, quizá. Tratando de recuperar la altura que había perdido en su aterrizaje forzoso. Me había propuesto no demostrarle interés, pero la curiosidad me ganaba.

—¿Te torturaron? —le pregunté indicando el corte sobre su ceja.

—No, esto me lo hice en la caída. Pero ya es suficiente tortura no saber lo que quieren cuando te interrogan. Te lo digo por experiencia; lo sufrí antes...

Y de pronto se puso nervioso:

—¿Dónde estamos? ¿Dónde me llevan?

Tal vez temía que pudiéramos haberlo secuestrado. Al fin y al cabo, el Cónsul también debía representar para él al enemigo. Un enemigo cuya ética incomprensible lo amparaba.

—En algún punto de la provincia del Maynas, sobre el Napo, un afluente mayor del Amazonas, a 3200 kilómetros del mar... —le contesté con deliberada exactitud—. ¿Te lo muestro en el mapa?

Me examinó pasándose lentamente la lengua por los labios llagados; quizá sólo entonces se preguntaba qué hacía yo, después de todo, en este viaje. Era una mirada para ponerme nerviosa. Y lo conseguía. Lo veía por el retrovisor mientras intentaba arreglarme el pelo pegoteado de transpiración. Al fin esbozó una sonrisa cínica, como quien reconoce a un compañero de juerga, el día siguiente de una borrachera.

—Tú debes ser la hija del Cónsul, la que esperaban...

—Y tú el misterioso piloto que se fue sin despedirse...

—Iba a mandarles una postal.

—O sea que planeabas fugarte.

—La idea pasó por mi cabeza al avistar la frontera. Y mientras la pensaba hice unas piruetas. Debería haber cruzado... —dijo.

—No es lo que ellos sospechan. Gonçalves cree que aterrizaste deliberadamente en ese lugar. Para hacer un contacto con el Cartel del Maynas. Alguna clase de trueque: un corredor para la droga en el norte de nuestro país, protegido por la guerrilla...

—¿Y por qué haría yo una cosa así?

—A cambio de dinero y armas para la Resistencia.

Repetía lo que había escuchado conversar al Cónsul con el Prefecto. Hicieron un aparte para que yo no los oyera. Hay una edad en la que nuestra única forma de superioridad consiste en enterarnos de aquello que se supone no deberíamos saber...

—Me dan demasiada importancia...

—¿La tienes? —le pregunté.

Quedó mirándome con una sonrisa levemente amarga. Había una pulpa blanda de dolor, en alguna parte bajo esa lisa cáscara de cinismo.

—Y el Cónsul, ¿qué cree? —me sonsacó, como si de esa opinión dependiera su importancia.

—Sólo creo lo que usted nos ha hecho creer —dijo él, apareciendo por la ventanilla del otro lado, con su cigarro de hoja a medio fumar y la transpiración corriéndole por el cuello —y lo que sus acciones nos sugieren.

—¿Actos? Pero si no he hecho nada. Salvo esperar un miserable visado y un país que me acoja, cocinándome en este maldito calor. Usted no sabe lo que es sentirse un apátrida.

—No esté tan seguro.

—¿Ya obtuvo algo?

—Aún no —contestó el Cónsul, con los antebrazos apoyados en la ventanilla y el cigarro en la boca—. Habrá que esperar.

—Viene diciéndome lo mismo desde hace casi un año.

—¿No podrías emitirle un pasaporte tú;

111

quizá con otro nombre? —le pregunté al Cónsul. De pronto había recordado el fajo de pasaportes, en la caja fuerte del Consulado.

—No intervengas en esto —me contestó bruscamente—. No lo entiendes. No es sólo el pasaporte. La cuestión es obtenerle un visado para un país que lo acepte permanentemente, o una organización internacional que le dé refugio. Por desgracia, y a pesar de sus hazañas, parece que Enrico no tiene muchos amigos fuera de nuestro paraíso.

—Consígame los papeles de una vez, y saldré de inmediato de su paraíso.

—Ahora usted lo ha complicado todo. El Prefecto lo dejó arraigado. Hay personal de la DEA interesado en sus movimientos. Y hasta un "colega" mío, que debe estarse formando una opinión extraña sobre mis procedimientos aquí. Quizá qué historias esté enviando a la Cancillería, en este mismo minuto...

—Es su opinión la que me importa, Cónsul —dijo Enrico—: ¿cuál es su versión de la historia? ¿Usted qué cree?

El Cónsul bajó la vista y piteó profundo. En el centro inmóvil del río, el humo acre fue llenando la cabina. Después me observó a mí. La balsa alcanzaba la otra orilla, y los miserables comerciantes nos gritaban sus ofertas desde el muelle.

—El Cónsul nunca cree nada —contestó por fin, poniéndose otra vez al volante, y encendiendo el motor—. La incredulidad evita los desengaños. Es infalible.

Llegamos en mitad de la noche. Las luces del bungalow se encendieron en cuanto el jeep cruzó la reja. Julia nos esperaba en la galería. Iba descalza como el día de mi llegada, y me pareció que habían pasado mil años y no cinco días. Y que esos mil años ella había estado allí mismo, perenne como la selva, esperándonos.

Corrió a colgarse del cuello del Cónsul. Lo abrazó con todo el cuerpo. Sólo llevaba una camisa de dormir, corta. Y no había necesidad alguna de preguntarle al Cónsul lo que sentía por ella.

—Me tenían tan preocupada. Hubo otro tiroteo en la ciudad, anoche...

Después, sorpresivamente, me abrazó también:

—¿Lo cuidaste? —me preguntó al oído...

No supe qué contestarle. En todo el viaje, jamás se me había ocurrido que yo también podía, o debía, cuidarlo.

Sólo entonces Julia reparó en el piloto que salía por la puerta trasera del jeep:

—Así que lo encontraron...

—Parece que ustedes no pueden vivir sin mí —le contestó Enrico, con esa altivez gratuita que uno aprendía demasiado rápidamente a perdonarle. Y se dio la vuelta. El Cónsul lo detuvo:

—Alojará aquí.

—No hay ninguna habitación arreglada —objetó Julia, en voz baja.

—Ni falta que hace. Ya me voy —insistió el piloto.

—No sea absurdo. No tiene adónde ir —le dijo el Cónsul—. Ni dinero. Se quedará aquí.

—Ya te ha dado suficientes problemas —protestó Julia.

—Por eso mismo. No quiero que me dé más problemas quedándose en la ciudad. Hay dos o tres personas que lo buscan. Además, el Prefecto lo dejó arraigado y bajo mi custodia. Prefiero saber dónde está hasta que esto se aclare.

Julia quedó mirando al Cónsul. Y se decidió bruscamente:

—Ocupará la cabaña del fondo —le indicó al piloto—. Mañana le instalaremos un mosquitero.

—Yo también preferiría estar lejos de aquí, Julia —le dijo Enrico.

—Hay gente que nunca va muy lejos —le contestó ella, dándole la espalda. Y lo condujo a la casita del fondo. La vimos desaparecer por el sendero del jardín, sin hacer ruido; a veces parecía que emanaba de esa tierra, como el vapor.

Capítulo VII

1

Unas estrellas bajas colgaban del cielo, encerradas en sus farolillos chinos de humedad. La débil luz amarilla de una lámpara a petróleo temblaba en la casita que ocupaba Enrico, al fondo del jardín. La cabaña era el esqueleto de una antigua caballeriza, retechada de cinc, medio devorada por unos rosales degenerados. Una podía imaginarse al primitivo dueño del bungalow, el suicida inglés, su vano intento de aclimatación, y el lento pudrirse de sus puras sangres y sus rosas mustias, bajo el ecuador.

Directamente atrás comenzaba la selva. Una ola de troncos podridos, una cresta de espuma verde a treinta metros de altura. Durante toda mi estadía en aquella casa, presentí que esa ola reventaría en cualquier momento sobre la quinta, y nos mandaría a la prehistoria.

Habían pasado tres días desde nuestra operación de rescate. Y el barómetro no se movía del cuadrante de las lluvias. Todas las mañanas me acercaba a golpear su aguja en el fanal empañado. Para el caso que me hacía... El puntero bajaba un poco más, hundiéndose en la palabra "tormenta", pero las lluvias no se decidían a llegar.

Por las tardes, a la hora de la siesta, me encerraba en mi dormitorio y me adormecía fantaseando con algo espectacular y decisivo. Algo inminente que no sabía nombrar, pero que llamaría la atención hacia mi persona, o sus restos. Como diez años antes, al viajar a reunirme con Leyla, cuando dejé de comer durante semanas y el psicólogo dijo que sufría depresión infantil y las empleadas, en cambio, simplemente, que había querido morir. Una vez soñé con la piel furtiva de un orotongo de ojos dorados que me saltaba encima y me devoraba. Al día siguiente encontraban mis huesos albos, limpiados por las hormigas rojas...

Y en las noches no conseguía dormir. Me despertaba de un salto, acezando, ojerosa, barnizada por un sudor pegajoso. Me metía en la ducha y al salir encontraba a una desconocida reflejada tras la puerta. Le hacía una mueca a esa jovencita demacrada, ni inocente, ni adulta; sin terminar. Después me echaba la camisa de dormir sobre el cuerpo mojado y salía a buscar en la galería una corriente de aire inexistente.

Al otro lado del jardín, la lámpara de petróleo parpadeó y se apagó en la casita de Enrico. El amarillo cuerno de una enorme luna menguante tomó su lugar en el horizonte. Un iceberg cuya frescura jamás llegaría hasta nosotros, derretida en el hirviente mar de alaridos y susurros de la selva.

Inevitablemente pensé en Santiago. En su pequeña luna; el mezquino satélite sobre los chatos suburbios del barrio alto. Pensé en los antejardines, la misa del Bosque, los almuerzos forzados de domingo. Pensé en las parejas jóvenes, muertas de sueño a la hora de la siesta, llevando sus hijos a los juegos del Mampato... Y el perro viejo de la casa, sacrificado a escondidas de los niños, como el amor...

Oí agitarse la cortina de cuentas y cañas que colgaba en el umbral de la casita. Por un momento alcancé a temer que Enrico cruzaría el jardín, que se acercaría al pie de la baranda donde yo goteaba todavía, con la camisa pegada al cuerpo. Me aparté del parche de luz que caía de una de las ventanas. La presencia del refugiado en la casa nos volvía a todos un poco conspiradores. Distinguí su figura montando en la bicicleta. Partió pedaleando por la calle Eldorado hacia la ciudad: una combustión lenta, viscosa, río arriba. Las luciérnagas se estrellaban con enloquecidos chispazos contra las ruedas. De vez en cuando el viento pesado me traía jirones de música bailable desde el barrio flotante de Belén, gritos, un tiro perdido... Todas las noches oíamos ráfagas de esa invisible guerra que libraba Gonçalves contra los barones. A esa distancia tenían algo festivo, de parque de diversiones.

Desorientada, sin intención, había quedado al pie de la veranda frente a las puertas-ventanas del dormitorio del Cónsul. Alzándome un poco podía ver la cama matrimonial, el vuelo del mosquitero, sus cuerpos en el espejo del armario. El, apenas tapado con la sábana, releía los diarios de Santiago, de dos semanas antes, que yo le había traído. Su amante le daba la espalda, desnuda, destapada. Larga y odiosamente hermosa...

Resbalé acuclillándome bajo la ventana, abrazándome las rodillas. Los mosquitos se darían un festín conmigo. En revancha, es posible que mi sangre envenenara a varios de ellos. Tuve una fantasía. Después, supersticiosamente, me he avergonzado muchas veces de ella. Como no me atrevía a hacerlo yo, le encargué el asesinato de Julia al tiempo, el desfigurador... El Cónsul siempre había tenido un detector de alerta temprana para la vejez femenina. En el medio de un verano, con mínimos indicios, era capaz de pronosticar con precisión los rigores del invierno que vendría. Y antes que llegara siempre había tenido el talento de marcharse a latitudes más benignas.

Hice el ejercicio. ¡Tantas veces lo había visto despedirse de antemano de una ilusión! Imaginé los maduros pechos de Julia, más grandes que los míos, vencidos; el tórax combado, incapaz de grandes inspiraciones; las medialunas de sus nalgas marcadas por el bikini, perdiendo su poder gravitacional, dejando de atraer la marea de sus manos. Le adelanté osteoporosis, cistitis, mal aliento... Con otras mujeres, antes de que apareciera el menor vestigio visible de estas decadencias, el Cónsul había partido.

Sin embargo, quizá ahora él podría haber hecho estos cálculos y haberle salido positivos... Nunca le había conocido una mujer tan joven. Veinticinco años de diferencia podían parecerle suficiente garantía. ¿Habría pensado que él moriría antes y se libraría del espectáculo de su vejez? ¿Sería ésta, al fin, una ilusión que él mismo no destruiría?

No. Durante un instante tuve pena por ella. No lo conocía como yo. No lo había oído comparar el corazón de un hombre maduro con un ilusionista jubilado y artrítico. Un mago sin poderes que ha olvidado el secreto y corta en dos, de verdad, a la mujer del baúl...

Estaba segura. Lo había visto antes... ¿Cuántas veces lo había visto hacer sus maletas? Junto a él aprendí a estibar esa rápida valija de los solitarios. Con práctica todo nos cabe: los amores parchados, la camisa sin uso del hombre feliz, el pañuelo que manchó el miedo... Y cuando cerramos el equipaje queremos creer que sólo la desdicha quedó afuera, radicada en la casa que estamos dejando; y no vemos la sombra de soledad que nos sigue calle abajo...

El Cónsul era un experto en este tipo de mudanza. De hecho, jamás deshacía completamente sus maletas. A veces pasaban años, en un rincón de sus cuartos transitorios, con esa exasperante ansiedad en sus bocas abiertas, esperando que su dueño las sacara a pasear nuevamente. Pensé en el traslado que pediría, en el próximo cuarto de hotel, en los planes de tierra arrasada que haría, buscando otro destino tan lejano y diferente de éste, que no tuviera la memoria, nada en qué asirse... Lo había hecho varias veces antes. ¿Por qué no de nuevo? Por lo demás, ésta sería, la edad me lo aseguraba, una de las últimas.

La selva bullía, el perro atormentado por los mosquitos bufaba en su casucha. Me asomé otra vez. Había esperado verlos dormidos, cada cual de su lado... Y de repente, el mago jubilado me sorprendía a mí también. Lo vi buscarla bajo la sábana, atraerla, besarla en los hombros. Julia se montaba sobre su cuerpo. Observé fascinada el perfil de sus cuerpos en el espejo. Vi las manos largas, que yo sabía que la edad había empezado a manchar, asiéndola ahora por las caderas. Los dedos hundidos en sus nalgas. Creí que llegaban hasta mí los susurros de amor. Los espasmos de sus cuerpos...

Quizá habría seguido allí hasta el final, hipnotizada como una gallina por la serpiente erguida y ondulante de esos cuerpos. Pero en ese momento alguien me atrapó a mí también. Una mano fuerte y caliente me tapó la boca:

—¿Le gusta ver películas para mayores, a la niña? —murmuró la voz de Enrico en mi oído.

De algún modo conseguí librarme de su abrazo. Atravesé corriendo el jardín. Huí instintivamente lo más lejos posible de la casa, desgarrándome la camisa entre las ramas, hasta sentir que me resbalaba en la pequeña playa de arcilla, al otro lado de la calle Eldorado, donde la selva le metía un codo al río... De repente me quedé quieta en la oscuridad, aterrada. Algo se movía entre los árboles. El cacareo de un papagayo martillaba a lo lejos. Un vientecillo muerto emanaba de la lengua de bosque; pegajoso como el aliento de un amante susurrándome en la oreja...

—Ya, ya, ¿adónde quieres ir?

Enrico me cerraba el paso:

—No son horas para la natación, niñita. Les toca su cena a las pirañas...

—¡Te voy a acusar! —le grité.

—¿Ah, sí...? ¿Y qué les dirás?

—Que me sigues, que andas detrás mío, que te exhibes.

... El hombre semidesnudo lavándose en el abrevadero junto a su casita, quitándose la toalla de la cintura para secarse... Y todo el tiempo ese detestable aplomo en sus labios gruesos, como si no fuera él el refugiado, sino una la que estaba acorralada.

—¿Te cuento lo que les vas a decir...? Nada. Tendrías que explicar mucho más que yo. Por ejemplo, quién es la que fuma marihuana y se roba tragos de la licorera...

—¡Me has estado espiando!

—¡Chócala, colega! Ya somos dos los voyeuristas en esta casa...

Traté de darle una bofetada. Si el ciego de Tebas podía acertarle a una voz en la oscuridad, por qué no yo. Pero Enrico me esquivó fácilmente. Me retuvo por las muñecas y me dobló lentamente los brazos tras la espalda. Me apretó contra él. Sudábamos tanto que la ropa parecía disolverse entre nuestros cuerpos. El río chasqueaba su lengua pastosa; y de pronto yo estaba profunda, extrañamente calmada:

—Si sigues voy a gritar —dije.

—¿De gusto?

—De asco... Me da asco ver a un hombre necesitado. Vete a que te quiten las ganas esas viejas de Belén. Las que vas a ver todas las noches... Yo soy mucho para ti.

—Golpe bajo, niñita —se rió en mi cara, cada vez más cerca de mi boca...

Y de repente me soltó. Dio un paso atrás. En la oscuridad lunar oí una voz distinta, casi triste, que me decía:

—Es duro mirar el amor desde la calle, ¿verdad?

—No es asunto tuyo.

—Te equivocas. Parece que el amor está tan mal repartido como el dinero. A mí también me han dejado afuera, mirando... Pero de hecho, podría ser nuestra oportunidad...

—¿Para qué? —pregunté, casi hipnotizada.

—Por de pronto, para venirte conmigo a Belén.

La voz había recuperado su provocador aplomo de siempre.

—Deja a tu padre tirar sus últimos cartuchos en paz. Y que les aproveche. Nosotros vamos a distraernos. Te invito a bailar a un sitio que conozco. Vamos a El Angel...

Volteó y subió hacia el camino. No sin antes asestarme una humillante palmadita en las nalgas. Y desde arriba me llamó:

—¿Qué esperas? Vamos a divertirnos nosotros también.

Pasé lentamente a su lado, controlándome. No me di vuelta a averiguar si se quedaba allí, parado en el resbaloso labio del río, o retomaba su camino hacia las cantinas de Belén. Sentía una rabia sorda: mi cuerpo me desconocía, temblaba, tenía frío; si lo hubiera dejado por su cuenta, tal vez lo habría seguido. Por mi parte, volví a la casa sin esconderme. Me había expuesto demasiado como para que valiera la pena ocultarse. Habían apagado la luz en el cuarto del Cónsul. Por un momento los imaginé durmiendo, pacificado el deseo. Si me hubieran hecho falta más pruebas, aquí tenía una. ¿Qué más sino el amor, en realidad, haría tolerable el contacto de otra piel en una noche como esa?

Sólo al subir a la veranda distinguí a Julia, inmóvil en la lechosa oscuridad de la galería. Tuve la seguridad de que me esperaba, tal y como una madre habría esperado en vela la vuelta tardía de una hija díscola. El perro echado a sus pies se lamía concienzudamente los genitales. Y ella me observaba, de brazos caídos, indiferente a la humedad, a los mosquitos, al brutal ulular con el que la selva celebraba el ascenso de la luna... Mediaban unos quince pasos entre ambas, pero ninguna los recorrió. Había una clarividencia en Julia cuya exacta naturaleza me eludía; que quizá eludía incluso al Cónsul, su amante. Parecía imposible mentirle. La jungla que nos cercaba, tan laboriosamente mantenida a raya durante el día, se había infiltrado. Y yo me sentía sorprendida, como el saboteador que iba a abrir de noche las puertas de la ciudad sitiada...

Bajo el escrutinio de esa mirada, intenté maquinalmente despegarme la camisa de dormir, húmeda, que se transparentaba dejándome todavía más desnuda. Creo que sólo entonces reparé en la rajadura del escote, y la sangre del arañazo que me bajaba por un pecho.

2

—¿Te echaste alcohol en ese rasguño? —me preguntó Julia, sin mirarme.

Almorzábamos las dos solas. Uno de sus elaborados platos selváticos compuestos sobre un lecho de hojas, de aspecto y sabor indescifrable para mí. Ella no mostraba ojeras, ninguna huella de la noche anterior. Parecía un vaticinio: nada, nunca, llegaría a marcar arrugas en esa piel mate, aceitada y flexible, como los juncos del río.

—No hace falta. No me duele.

—Aquí cualquier herida se infecta rápido. Sobre todo para los extranjeros. No tienen las defensas...

—No soy tan indefensa como tú crees...
—afirmé, aunque a mi pesar, temblaba un poco.

Con los ojos llenos de lágrimas aparté el plato:

—No puedo. No puedo comer esto...

Julia lo levantó. Lo llevó junto con el suyo a la cocina. Volvió y cerró cuidadosamente la puerta.

—Anna, quiero hablar contigo... Aléjate de Enrico. No es conveniente... —me dijo.

—¿Conveniente para quién?

—Para nadie... Ya es malo que esté aquí, en primer lugar.

—Parece que le temieras...

—No me gusta lo que le hace a tu padre...

—¿Y qué es lo que le hace, se puede saber?

—No sé. Pero tu padre no tiene ninguna obligación hacia Enrico. No tendría por qué protegerlo, traerlo aquí, como si se sintiera en deuda con él.

—Es lo que hacen los cónsules. ¿O tal vez prefieres que esté en deuda sólo contigo...?

Hablaba la fiebre. El rasguño me ardía en un pecho. Como si me hubiera pasado a llevar con esa aguja del barómetro, clavada en la palabra "tormenta".

—Basta, Anna. Simplemente no te metas con Enrico. Puede ser peligroso...

—¿Lo dices por experiencia? ¿Ya te metiste con él?

—No te permito...

—¿Por qué no? Sería natural. Quizá no te basta con tener un hombre mayor que te ponga una gran casa y te regale un jeep. Quizá también necesitas un amante más joven...

Julia retrocedió. Cruzó las manos sobre los

hombros. Las mujeres tropicales no conocen el frío, y es más triste verlas temblar. Me dijo en voz muy baja:

—Estás mirando en menos a tu padre... No necesito a nadie más en la cama. Creo que ya pudiste verlo...

Había sido un buen golpe. Y por un momento me hizo vacilar.

—Tal vez lo que necesitas es plata, entonces... Y no te importa que para dártela él tenga que hacer negocitos de aire acondicionado, como un vulgar contrabandista. Para que tú puedas vivir en una villa. Lo que a él nunca le hizo falta.

Julia se agachó. Pasó la mano junto a las patas del comedor y me mostró la palma polvorienta. Dijo:

—¡Pero tú crees que alguien puede vivir por gusto en esta casa! ¡Con estos muebles espantosos que se los comen las termitas! Todos los días sacamos así un alto de aserrín... Tu padre estaba tan borracho el día que la compró que no se dio cuenta que esta casa se deshace sola. En un par de años el comején la habrá devorado. Este es el gran hogar que me fue a ofrecer. Todo el mundo en la ciudad lo sabía. Yo también. Menos él...

Por mi parte, de pronto sentía la boca seca y la lengua grumosa. Como si en mi interior también hubiera comenzado la fina e impalpable desintegración de los objetos que nos rodeaban. Julia continuó:

—¿No te habías dado cuenta?... Claro, claro que no. La niñita problema no se da cuenta de nada más que de ella misma. Me faltas el respeto... Le faltas el respeto a esta selva, saliendo semidesnuda, de noche. Y te faltas el respeto a ti misma. ¡Despierta Anna!

Se oyó un trueno. Pero era un falso trueno. Siempre a esa hora de la tarde, quién sabe por qué, los gallinazos hacían un alto en sus rapiñas posándose sobre el techo de la villa. Con sus pesados tropezones de borrachos sobre el tejado de cinc, fingían la tormenta que no venía. Y el perro furioso daba vueltas a la casa ladrándoles a las impávidas aves.

—¡Por tu culpa no me quiso traer el año pasado! —la acusé. De pronto estaba sacándole todas las cuentas pendientes desde mi llegada.

—¿Entonces quieres enterarte? ¿Quieres saber la verdadera razón por la que no te trajo?... Muy bien —dijo Júlia.

Una fracción de segundo demasiado tarde, quise haberle contestado que no, que no quería saber.

—Digamos que fue porque había visto una anaconda... ¿Sabes lo que es una anaconda? La serpiente del agua. Una noche de borrachera se le olvidó dónde vivía. Supongo que se le olvidó que había comprado esta casa, y que ahora tenía a alguien esperándolo. Sólo supo llegar al Consulado, y cayó dormido sobre el escritorio... Antes de amanecer creyó verla, asomando dos metros frente a él, mirándolo con esos ojitos verticales. Sus aullidos se oyeron hasta el malecón. Después de eso iniciamos la cura. No ha bebido una gota en once meses y medio... Le llevo la cuenta...

—No voy a seguir oyéndote —amenacé.

—Yo no necesito este caserón, Anna. Yo puedo vivir en el río si hiciera falta. Después que mi papá murió vivimos años en una barcaza en el Ucayali. Vi a uno de mis hermanos ahogarse en la crecida. Yo sé vivir en cualquier sitio. El insistió... Me llevaba a su hotel y me hacía el amor... cuando podía. Luego se quedaba bañado en sudor, emborrachándose frente a la ventana. De repente se ahogaba, salía desnudo al balcón, con taquicardia, decía que se iba a morir en este calor. Decía que tenía ilusión de volver a vivir en una casa antes de morirse. Lo dejé varias veces hablando solo en ese balcón. Y me prometí no volver a verlo...

Julia hizo una pausa. Luego volvió a sentarse a la mesa, frente a mí. Continuó en voz más baja:

—Y luego reaparecía. Intentaba reconquistarme hablándome de los grandes destinos que le darían en el futuro. Importó ese enorme auto y me esperaba a la salida de clases. A veces, hasta quiso impresionarme dándose aires de agente secreto, como un niño... ¿Y sabes lo que me conquistó al final?... Nada de eso. Ni sus sueños de grandeza, ni las cosas que ha comprado. Creo que lo que me conquistó fue precisamente su necesidad. Tal vez soy solamente una ingenua cantante de provincias. No soy culta, ni tan bonita. No he estudiado, ni viajado como él, o como tú. No sé lo que encontró en mí... Pero yo sí sé lo que vi en él: un hombre mayor, solitario, y gentil. Alguien que de verdad me escuchaba al cantar. ¿Puedes entender eso? Un domingo en la mañana me dijo que había encontrado al fin la casa que buscábamos. Yo ni siquiera sabía que estábamos buscando una. Y me trajo a vivir aquí...

Ahora, tantos años después, pienso que si me lo hubiera permitido pude haber visto lo que el Cónsul había encontrado en Julia. Una mujer con los ojos llenos de lágrimas, capaz de no soltar ninguna. Podría haber visto los pies de esa niña en el barro, la violación a los nueve, la vida en la orilla del gran río, en la orilla de la miseria y la muerte. Y conservado quién sabe cómo, en el puñito cerrado que los ladrones de su niñez no habían conseguido abrirle, un brillante de lealtad y valor que nadie iba a quitarle...

Pude haberle dado esa oportunidad, haberla visto, haberme enterado de quién era realmente. Pero en ese caso, habría tenido también que darle una oportunidad al Cónsul, al hombre real; un hombre distinto, demasiado distinto, al que yo había decidido que era.

Julia dio un paso hacia mí.

—¡No te creo! —le grité.

Y como si me hubiera oído, la iguana de la casa asomó su pequeña cabeza de demonio en la ventana. Corrió arañando la malla mosquitera. Un delgado tentáculo salió de su boca; devoró algo...

Segunda parte

Capítulo VIII

1

El Cónsul viró a la izquierda en el Jirón Próspero y cruzamos lentamente el centro. Era domingo y nos había invitado a almorzar fuera. Julia sintonizó la radio. Los lastimosos sones de un tenor amazónico, híbridos de cumbia, samba y valsecito, llenaron el Cadillac. La canción era tan pegajosa y sentimental que casi olíamos el aliento del tenor; como si el cantante se hubiera sentado atrás entre Enrico y yo para arrullarnos con su serenata. Un observador superficial habría dicho que los cuatro éramos otra familia endomingada, sacándole partido al día libre.

La verdadera avenida principal de la ciudad es el río. Lo demás son calles con ambiciones. La Circunvalación nace en un matorral cualquiera, corre descalza unos kilómetros entre las chozas palúdicas de los suburbios, y apenas se calza de asfalto para entrar al radio urbano. La pomposa Avenida del Ejército sólo se endereza y cuadra los hombros, como para merecer su nombre, cuando costea el cementerio. Sobre el dintel encalado del camposanto alguien había escrito un "¡viva...!" incompleto, sin héroe ni causa, como un desafío personal a sus moradores... Y los gallinazos asomaban los flacos cuellos de anciano por sobre la tapia, sacudiendo sus raídos sobretodos negros. Un camión atestado de bañistas nos sobrepasó haciendo sonar la bocina. Lo vimos alejarse hacia la laguna de Quistococha, con su pesado cargamento de alegría, dando tumbos en los hoyos del empedrado. Un grupo de soldados de franco tomaba cerveza acuñando las medias batientes de una cantina y silbando a las mujeres; y un contrabandista se lanzó frente al auto ofreciendo sus mangas galonadas de relojes. Todo el mundo se embriagaba temprano ese domingo. Sólo las aves emblemáticas de la ciudad conservaban la calma, en lo alto de los tejados. Indiferentes al entusiasmo y al calor, los gallinazos aguardaban fúnebremente que el día de fiesta les dejara su debida porción de carroña.

Por mi parte, desde mi forcejeo con Enrico, algo parecía haber cambiado. Una expectativa, un hueco negro, se había abierto en el inmenso espacio de mis deseos, pronto a chupar toda la energía, toda la experiencia que cayera en mi órbita. (Y ahora, doce años después, mientras hacemos este último viaje de regreso con el Cónsul, pienso que realmente nunca he sido mayor que a esa edad. Lo que he hecho ha sido decrecer para entrar en el lugar mucho más pequeño que el mundo me tenía reservado...)

El auto bordeó la Plaza de Armas —la gobernación con su fachada de opereta, la torva Prefectura de Seguridad con sus alambradas en los balcones, la inconclusa Catedral—, hasta desembocar por Putumayo en un extremo del malecón Tarapacá. La "familia" descendió y continuamos a pie por la terraza. Dominando el canal navegable del río apareció la fachada de azulejos del Casino-Hotel Palace. Antes de la Gran Guerra, había sido una leyenda de frivolidad en la selva cauchera. Ahora, parecía un viejo libertino al que nadie creería sus conquistas, mostraba las caries musgosas en sus piezas de porcelana, mientras sus lánguidos toldos capotudos miraban los muelles abandonados de la isla. Padre. Los turistas ecológicos preferían ahora las falsas aldeas indígenas climatizadas; el trópico subtitulado en inglés. El Cónsul había pasado aquí las primeras semanas tras su llegada. Aquí habríamos vivido juntos si todo hubiera sido igual a los destinos anteriores donde lo visité. Podría haber anticipado el vestíbulo de mármoles rosados, las arpas en el salón de música, las jaulas de papagayos en la terraza con vistas al falso delta. Por la noche, los niños vagos de Iquitos se trepaban a las barandas inglesas, de fierros historiados, para escarnecer las comidas de la sociedad local.

—Y por si fuera poco —comentó el Cónsul con cierta melancolía—, el bar administra los mejores manhattans en esta banda del Ecuador.

El barman, un mulato canoso de ojos colorados, lo saludó con afecto:

—Tiempo que no se lo veía por acá, señor Cónsul.

—No por falta de ganas, Rafael.

—Claro, claro, entiendo, ahora bebe en casa —dijo el mulato con paciencia, mirando a Julia. Un buen barman es sobre todo paciente, y sabe perfectamente cuáles son los clientes que, pase lo que pase, acabarán por volver.

Cruzamos el gran comedor, con sus anticuados ventiladores de péndulo batiéndose en el techo, y salimos a la terraza. Apoyado en la corroída baranda sobre el río, el doctor Menéndez se tomaba un trago contemplando el paisaje.

—¡Qué sorpresa! Nuestro Honorario... ¿Va a almorzar? ¿Quiere acompañarnos? —invitó el Cónsul.

Nos sentamos a almorzar en la terraza, bajo el toldo desvaído del hotel. Se anunciaba otra tormenta. Sabíamos que sería una bravata. Un corto aluvión y el calor volvería envalentonado. El aire estaba tan eléctrico que magnetizaba los objetos. El cuchillo y el tenedor, cargados en polos opuestos, parecía que fueran a echar chispas al encontrarse.

Menéndez y Julia hablaban con ese acento rápido y dulzón de los nativos. Yo evitaba la mirada del piloto, que me había quedado al frente, y buscaba la del Cónsul. La encontraba siempre en el mismo punto, atada al pareo de Julia entre sus puntiagudos senos.

Me dolía esa mirada chocha, de novio cincuentón. Como alguna clase de anticuado director de cine en su sillón de tela, el viejo diplomático filmaba un libreto imaginario donde su amante era la única protagonista. Me pregunté cuál sería el argumento. Traté de imaginar lo que dirían de ese cuerpo moreno y ondulado mis compañeros de colegio. Pero era mejor no recordar las palabras. Podía llegar a sentirme aún más contradictoria: tal vez me enorgullecería por el Cónsul; tal vez odiaría la admiración que me causaba su mujer...

—Estás hermosa hoy día —me dijo sorpresivamente Enrico. Trataba de hacerse el simpático desde la noche de nuestro forcejeo junto al río; o había interceptado la línea de mis pensamientos. Faltaba que me hubiera dicho: "... tanto como Julia".

No me había lavado el pelo, ni puesto otra cosa más que una polera arrugada sobre los mismos jeans de siempre. Me sentía fea; y la transparencia de mis sentimientos me hacía sentir todavía más miserable.

—No le diga hermosa, creo que no le gusta la idea. De niña quería ser hombre —intercaló el Cónsul.

Para colmo jugaban a la complicidad. Estaba por odiarlos a ambos. A toda la taimada raza masculina y sus horribles camaraderías.

—Esto es lo que aquí llamamos un día "ideal" —explicaba para nadie, o tal vez para sí mismo, para entender su existencia allí, el doctor Menéndez.

Y en realidad merecía una explicación. Sin sol, ni lluvia, su día ideal era el de un invernadero con los vidrios sucios a través de los cuales no lográbamos ver el cielo. Y nosotros éramos, dentro, esas extrañas plantas desarraigadas que no conocen el verdadero sol. Por lo menos, por quizá qué extrañas presiones, corría viento; una bocanada oleaginosa como la de una turbina de avión girando a lo lejos.

Y como barridos por ese viento, Rubiroza y Lucas aparecieron en un extremo de la terraza. El viejo nos descubrió y se acercó traído por sus cortos pasitos de japonesa. Con el sombrero empapado de sudor, y su eterno traje a rayas, era la imagen de un extranjero: no sólo en esa ciudad, sino en este siglo. Lucas lo seguía balanceándose desganado sobre sus botas tejanas. Se diría que había llegado una compañía de teatro al pueblo. Recordé su primer aterrizaje en el bar de Petrus. Por lo visto, dominaban el arte del paracaidismo social, de tomarse las mesas de los demás…

—La familia que come unida... —saludó Rubiroza.

—¿Ahora alojan aquí? —preguntó el Cónsul, intentando ser cordial.

—No. Seguimos en el hotel de turistas. Buscaba un lugar donde comer cosas normales. Algo que no sea charapa, paiche, o esos bichos. ¿Podemos acompañarlos?

—Bueno, si quiere... Ibamos a pedir los aperitivos —ofreció el Cónsul, disimulando mal la resignación, y observó a Enrico.

—¡Dios mío, Cónsul...! Es usted un verdadero colega. Algún día, alguien allá arriba tendrá en cuenta que usted daba aperitivos a los peregrinos... Porque en esta mesa hay otro peregrino... ¿No es cierto? —dijo Rubiroza, extendiéndole una mano a Enrico. Las traviesas pupilas verdes enfocaron al piloto, atisbándolo como dos reos tras las mirillas de esos ojos ranurados.

Enrico lo dejó con la mano estirada:

—No sé de qué "peregrinos" me habla. A mí me prohíben vivir en mi país... —le contestó.

—No dramatice, mi estimado —dijo Rubiroza, secándose con su gran pañuelo la palma rechazada, y tomando asiento. Parecía impermeable a las ofensas, o muy paciente para las venganzas—. En un sentido todos somos peregrinos. Desde que el ángel bíblico nos expulsó del paraíso con aquella espada flamígera, ¿lo recuerda? Todos hemos sido desterrados alguna vez, mi amigo, aunque sólo sea de la inocencia...

—Guárdese su Biblia. Se la cambio por un pasaje de regreso —dijo Enrico.

—¿Quiere irse? ¿No me diga que lo tratan mal en la casa del Cónsul...?

—En su casa, no. Es el aire de la ciudad. Ultimamente se ha vuelto irrespirable. De hecho, no sé cómo el propio Cónsul lo aguanta.

—Yo se lo explicaré. Si me lo permite, por supuesto, señor Cónsul... —intervino Rubiroza—. Le explicaré algo de nuestro antiguo oficio a su invitado. Lo que pasa es que un diplomático, donde quiera que vaya sigue respirando el aire de su tierra. No puede evitarlo, ni aunque quisiera. La casa donde le ha dado refugio, no es parte de este país, sino del nuestro. En eso consiste la extraterritorialidad de las legaciones. Al alojarlo le ha permitido volver a habitar un pedazo de la patria, aun estando en el extranjero... ¡Qué daríamos nosotros por poder decir otro tanto!

—Lo que es yo, si tuviera dónde ir —dijo Enrico—, dejaría mañana ese pedazo de patria.

—¡Lo que son las cosas!: en su lugar me quedaría allí el resto de mi vida; garantizado que iba a tener siempre tan buena compañía, claro... —dijo Rubiroza, mirándome. Y continuó—. Además, sería una desgracia que se fuera mañana. Nos quedaríamos sin saber a qué vino. ¿Nos revelaría el secreto antes de partir?

—Al mismo tiempo que usted nos revele el suyo —contestó Enrico. Por un instante, sentí deseos de abrazarlo.

—No es ningún secreto. Viajamos en una gira informativa. Ponemos al día a funcionarios como el señor Cónsul sobre las nuevas prioridades nacionales. Es más barato que traerlos de vuelta a casa. Viajamos por obligación. ¿Qué otro motivo podría haber para abandonar la patria?

—La existencia de tipos como usted. —Le lanzó Enrico. Y agregó:— Supe que me andaban buscando. Pues bien, aquí me tienen. ¿Y ahora, qué partido jugamos?

Los necios ojitos redondos de Lucas encontraron y sostuvieron la mirada de Enrico. Mascaba su chicle aplicadamente; tal vez sólo ejercitaba sus grandes molares, como un cachorro con un hueso de goma. De pronto, las mandíbulas se le endurecieron en una semisonrisa, y la boquita trompuda le mandó un beso al piloto.

Enrico levantó su copa. Todos anticipábamos que podría lanzársela, cuando el Cónsul intervino:

—Por mi parte, señores, mi único partido es el de las buenas maneras. ¿Supongo que éstas figuran todavía entre esas nuevas "prioridades nacionales", Tulio?

—¡Pero, por supuesto, por supuesto, disculpe Cónsul! Ya nos íbamos... —dijo Rubiroza, palmeando en un hombro a su pupilo, como se tranquiliza a un mastín que ha mostrado los dientes—. Qué mal educados somos los peregrinos. Nos invitan un aperitivo y ya ve usted, sólo sabemos hablar de nuestras nostalgias: la patria lejana. Otro día conversaremos más... —le dijo a Enrico, antes de alejarse entre las mesas.

—Estoy listo. Cuando quieran.

Y Lucas se quedaba rezagado mirando al piloto, rumiando.

2

El almuerzo languideció hacia los postres. Volvimos al clima. Discutimos los méritos de la comida amazónica. De vez en cuando un trueno venía rodando desde el fondo tormentoso de la llanura de árboles. Se oía una carambola entre las bandas del falso delta, y la bola iba a caer en un agujero imaginario: en un territorio con más suerte, donde ya llovía.

En algún momento el Cónsul se excusó para ir al baño. Una fracción de segundo demasiado tarde supe lo que iba a pasar. Reapareció siguiendo al mozo que sostenía, mirándola fijamente, una gran torta con lo que me parecieron demasiadas velas encendidas.

El Cónsul no me había vuelto a hablar de celebrarlo, desde el día siguiente a mi llegada, en el bar de Petrus, cuando le dije que prefería no cumplir más años. Ahora, antes de que pudiera negarme, los cuatro comensales desafinados me cantaban. Y los mozos, y Rafael, el barman, lanzaban serpentinas que caían sin ganas, sobre la mesa.

Desde las mesas vecinas corearon, aplaudieron cuando apagué las velas. De pronto, había aparecido bajo el toldo amohosado del Palace la mesa de una matiné infantil, con guirnaldas de serpentina y servilletas de colores; pero los niños no habían venido.

—Felicidades... —me dijo Enrico, sacando de la espalda unas flores hendidas y rosadas. Parecían de carne humana y me turbaron, como si gritaran ante todos un secreto que todavía no teníamos. Había visto mejores orquídeas que esas colgando de las ramas podridas en el monte cerca de la casa. Pero obviamente él había salido a buscar éstas para mí. Cada minuto entendía menos el corazón masculino.

—*Orchidea Brasiliensis* —comentó el doctor Menéndez, oliendo las flores—: es una variedad asesina. La planta mata un árbol completo sólo para producir esta flor. Marea pensar que tanta belleza provenga de un parásito, ¿verdad?

De pronto se calló, buscando angustiosamente nuestra aprobación:

—No quiero decir que no sean lindas... —agregó, seguro de haber desatinado como siempre. Luego se registró sus insondables bolsillos hasta producir una caja de chocolates que me alargó casi disculpándose.

Julia me entregó un pequeño paquete, cuidadosamente envuelto.

—No sé si te gustará. Quisiera conocerte mejor... —me dijo al abrazarme.

Es un colgante de plata, un tumi que le había admirado desde el día de mi llegada. Nunca le dije nada. Pero ella notó mis miradas, supongo. Y se había desprendido de él. Mientras escribo, mientras viajo, ahora mismo que por última vez sobrevolamos con el Cónsul sus territorios, lo llevo puesto.

Era mi fiesta de cumpleaños. La última que puedo recordar como tal. Quizá, después de todo, éste podría ser mi lugar, pensaba. Quizá podría dejarme abrazar por esos grandes ríos salvajes... En la zona cálida y nublada del mundo, como en una matriz. Y nunca salir de ella. El Cónsul puso sobre la mesa un pesado paquete.

Deshice las cintas. Rompí el papel. Abrí la caja. Era una filmadora Brownie, Súper 8.

—Para la futura cineasta —dijo el Cónsul.

Había sido uno de mis vagos sueños vocacionales de la primera adolescencia. Y no recordaba que alguna vez se lo hubiera mencionado al Cónsul: ir por el mundo filmando documentales. Yo cambié pronto de idea. Pero él no. Por algún motivo a él, que se iba de todos sitios, le gustaba imaginarme fijando la vida que se fuga, dejando registro de una memoria que se empeñaba en borrar... Por mi parte, esa tarde, no podía saber que en aquella cámara venían ya filmadas las escuelas, las becas, los guiones. El inicio de esta búsqueda de una imagen irrecuperable.

Después brindamos con champán, y él hizo otra vez su truco. Sacó del bolsillo la copita en miniatura, "mi copa", y me sirvió.

—Quiero aprovechar la ocasión para anunciar algo. Tenemos otro motivo más para celebrar —dijo finalmente.

Vi a Julia tomar por la muñeca a ese imaginario director de cine, intentar detener la filmación del libreto personal en el que iba lanzado. Ya era tarde. Nos hablaba a todos; pero mirándome sólo a mí. A mí, como si realmente mi regalo consistiera en lo que iba a anunciar.

—Julia y yo queremos casarnos. Ayer envié un cable al Ministerio solicitando permiso para el matrimonio. Le he pedido que se case conmigo en cuanto me lo den...

Un viento caliente pasó por la terraza ensombrecida arrastrando hojas. La tormenta tomaba vuelo, como un garrochista aprontándose a saltar las barandas de fierro.

—Y yo he aceptado... —declaró Julia, tomándole decididamente la mano.

—¡Con una loretana...! —exclamó el doctor Menéndez, y por primera vez se quedó sin palabras... Quizá ya pensaba en los preparativos que haría para ese matrimonio... Hasta se le había olvidado levantarse a felicitar al Cónsul.

Abajo, la bobina de un barco de palas luchaba contra la corriente. Y otro trueno rodó guateando la seda grisácea del cielo sobre la fachada carcomida del hotel. Enrico pidió permiso para besar a "la novia". El Cónsul y yo quedamos solos, frente a frente. Me tomó por los hombros, sonriendo:

—Tendrás una casa, ahora. Aquí o donde me trasladen. El hogar de verdad que no he podido darte nunca. Podrás venir cuando quieras. Y después que termines tus exámenes, quedarte. Siempre tendrás tu cuarto.

Siempre tendría mi cuarto; mi cuarto de un todo; mi pedazo...

El Cónsul llamó a Rafael. En dos palabras le enseñó al mulato cómo apretar el gatillo de la filmadora. Estoy en ese trozo de película, tomado con mi propia primera máquina, estoy raramente ausente. El Cónsul me rodea los hombros, con el otro brazo toma a su futura mujer. Julia entra y desaparece del foco. En segundo plano pasa la torta con sus velas apagadas. No soy capaz de levantar la mirada de la mesa. La cámara inexperta panea sobre los mustios regalos, se extravía en un retazo de la fachada decrépita alquilada a la selva, captura la poderosa corriente fluvial... Por detrás de nuestras inadvertidas espaldas, el río remolca hacia el primer plano un horizonte feroz, donde viborean los rayos. La tormenta ha llegado.

Congelo la imagen. Veo lo que éramos: un grupito de extraños, reunidos por el azar o la desgracia en el codo de un río cenagoso, en la víspera de una tormenta. La niña retratada, de golpe es mucho mayor que su edad y no se sabría decir a qué lugar del mundo pertenece. Y el hombre que la abraza parece de esa raza distinta. También es uno de esos peregrinos, transhumantes sin raíces, ni patria, ni tierra propia; seres que se detienen a celebrar en la terraza de un hotel el milésimo año que cumplen en el extranjero...

Antes que me filmaran llorando, bajé corriendo las escalinatas del hotel hacia el embarcadero.

La corriente era tan espesa que habría arrastrado piedras, castillos en el aire, sin que se hundieran. Si me hubiera dejado caer en ella creo que me habría llevado en vilo, flotando de espaldas, cantando la absurda canción de cumpleaños que se me había quedado pegada a la oreja como una burla. Hasta que mis ropas se empaparan, y el abrazo del gran río me arrastrara al fondo.

El Cónsul me alcanzó en el peldaño inferior del embarcadero. Se sentó a mi lado. Un ventarrón erizaba las escamas verdosas del Amazonas.

—¿Qué pasa? Supongo que debería haberte advertido. Lo siento.

—No tienes por qué sentirlo. Pero yo podría...

—¿Podrías qué?

—Haberte puesto una casa. Sé cómo hacerlo...

—Mi amor, estoy seguro que sí. Pero esto es otra cosa. Es quizá mi última oportunidad... Me siento solo... ¿No puedes entenderlo? Estoy cansado...

—Podrías volver... Por un tiempo...

Se sentó a mi lado, sobre los peldaños de cemento carcomido. El río nos lamía los pies con sus pesadas olitas grasientas. Y yo nunca habría anticipado esa larga vacilación del Cónsul antes de responder a mi propuesta:

—¿Para qué? —dijo por fin—. ¿Qué me espera allá? ¿Puedes decírmelo?

¿Qué lo esperaba en realidad? ¿Un trabajo administrativo en la Dirección Consular? ¿Pasarse el resto de sus días en el lóbrego Palacio de la Alameda? Recordé cómo me lo había descrito, tarde en la noche de sus anteriores destinos, con unas copas de más: el horror al retorno... Cada mañana saludar a las viejas secretarias inamovibles. Verlas sacar la vuelta, recalentando té sobre el anafe escondido en un armario. Oír los mullidos pasos de los funcionarios de carrera emboscándose en los pasillos. ... Y a las seis pasar de nuevo entre el siniestro taconeo de la guardia. Los fines de mes cobrando en Contabilidad. El señor Villaseca, con sus pies planos y la sonrisita vengativa de la Planta de Interior, entregándole el miserable sueldo nacional. Villaseca, para quien Nueva York es una calle donde el ortopedista le cambia las plantillas... Y después la jubilación.

—¿Acaso me imaginas jubilando en la Caja de Empleados Públicos?... ¿Y en qué ocuparía mi libertad? Veamos... Podría decir que voy a escribir un libro. ¿Qué te parece? Después de todos estos años, a lo mejor la imaginación me alcanzaría para una carta al director...

Y por un instante, al fin, lo vi como se estaría viendo él: un hombre mayor, perdiendo la gracia, a punto de envejecer. Un galán cincuentón con esas manchitas café en el dorso de la mano, indelebles como el cinismo. Vi su jurado temor a la botella, y el pánico a esa noche cuando llamará el amor, y el cuerpo no saldrá a responderle...

No, no podía imaginármelo de vuelta. Había ido demasiado lejos. Era preferible llenar las vacantes más remotas, más indeseables, como había hecho hasta ahora. Era como esos tiburones solitarios, de alta mar, que vi en un documental. Nadan sin detenerse y no duermen jamás, porque si lo hicieran caerían a plomo en las profundidades, y la presión los reventaría.

—Sí, te entiendo. Perdoname, fue la impresión. Estoy contenta por ti, por ambos...

Tomándolo del brazo, volvimos a subir a la terraza del hotel. La tormenta llegaba. Los mozos recogían los toldos, ponían a resguardo las mesas. Una persiana mal asegurada se batía furiosamente en uno de los balcones. Felicité a Julia. Dejé que el doctor Menéndez volviera a felicitarme, "por lo que me tocaba" en este compromiso. Y cuando el barman pidió que se besaran los novios, para filmarlos, preferí mirar a Enrico, y acepté la mano que me pasaba tras la espalda. Por mi parte, a contar de ese momento jamás podría volver, de veras, a la edad que dejaba atrás. No podría volver sobre mis pasos, ni podría quedarme. A partir de ese instante, no había un solo lugar en el mundo que pudiera llamar mío.

De pronto un relámpago veló la escena; hay un fundido en negro en mi memoria; y llueve como jamás he vuelto a verlo, como otro río cayendo del cielo.

Capítulo IX

1

Arrastrada por los temporales la ciudad derivó más y más hacia la estación de las lluvias. Durante la siguiente semana, una lona grisácea, guateada, colgó tan baja sobre la cuenca del Amazonas que caminábamos un poco agachados para no rajarla. Cuando al fin se rompiera llovería sin parar, durante meses. Hasta que se anegaran las selvas y se cortaran todas las rutas de escapatoria. Temía ese instante más que cualquiera. En la época de las lluvias incluso el aeropuerto podía cerrarse hasta por una semana o diez días. Tal vez, antes de eso, el Cónsul recibiría la autorización y le fijaría fecha a su matrimonio. Tal vez tendría que quedarme para asistir a los festejos. Por mi parte, sólo pedía que el tiempo volara; pero conmigo encima, llevándome muy lejos... Y ya no estaría aquí cuando finalmente las cuerdas tensas del ciclón amazónico se cortaran, y el cielo se desplomara sobre nosotros.

Entonces, quizá por burla, se nos concedió un brevísimo veranito de San Juan. Una espesa calma chicha separó las nubes. El derrotado sol asomó tímidamente la cabeza, y agitó sobre nosotros una empapada bandera blanca. Fue para peor. Del río y la selva se levantó un vapor denso y maloliente. La ciudad se anegó en una luz pútrida, traficada por arco iris e ilusiones ópticas que nadaban por las calles. La estática electrificaba los mosquiteros; en mitad de la noche me despertaba levitando en una fosforescencia azul.

En ese calor ninguna desnudez parecía suficiente, daban ganas de quitarse hasta la piel. Salí en calzones a tenderme en la galería frente al dormitorio; golpeé con un palo el enrejado del zócalo por si asomaban las serpientes. Según Julia, en esta época los reptiles anidaban en el subsuelo buscando lugares secos. Si capturaba una la guardaría en mi closet alimentándola con las sobras de la comida. Saldría con mi boa enrollada al cuello, como el indio del malecón que se sacaba fotografías de a dólar con los turistas. Me ganaría la vida sin ser una carga para nadie.

Tirada sobre el relativo fresco del piso de madera, en la oscuridad, veía la puerta entreabierta del dormitorio del Cónsul. Julia, con el pelo electrizado por la humedad, fumaba y se pintaba las uñas. Moviendo un poco la cabeza divisaba al Cónsul esperándola en la sala, bebiendo uno de sus lamentables sucedáneos...

—¿Estás lista? —gritó mirando su vaso fijamente, como se vigila a un enemigo que podría estar haciéndose el muerto... Cerré los ojos. Hice el esfuerzo de imaginarme lo que podría estar viendo en la superficie aceitosa de la horchata con la que se engañaba. Apareció un diminuto hidroavión despegando en el paisaje ártico de su vaso: las aspas de acero escarchado

148

activándose, perdiéndose entre la suave niebla de los cubos de hielo...

Saldrían a una comida del Club de Leones, en la Casa de Fierro. Si ésta hubiera sido una de esas vacaciones típicas, en sus destinos anteriores, probablemente lo habría acompañado. Recordé con pavor y nostalgia aquellas comidas cívicas, aquellos almuerzos campestres con el cuerpo consular, en clubes de provincia. "Hay que mantener el espíritu de cuerpo", decía, palmeándome una rodilla en camino a la fiesta. El interpretaba ese "espíritu" muy a su manera. No a la del Foreing Office, o el Quai d'Orsay, de los que tantas veces oí hablar a la cofradía de los cónsules. No hablaba del "cuerpo" de expatriados profesionales, titulares y honorarios, que me llamaban "un cheque a fecha", y me pellizcaban las mejillas frente a sus mujeres enternecidas. Entonces no era ese "cuerpo" el que le interesaba, sino precisamente el de ellas, el de aquella que estuviera de turno con él. Recordé a Karin, la austríaca menudita casada con el Honorario de su país: un mexicano importador de cosméticos que la había conquistado en Viena. El marido se emborrachaba y volvía a contar la historia de su conquista, una casi esperaba que la mostrara en un folleto, como la representación de otro laboratorio más. Karin se ponía nerviosa, olvidaba su castellano, pronunciaba mal las "t" —como en "adulderio"— , y se perdía en los jardines al mismo tiempo que el Cónsul. Eventualmente volvía, bobeando, encendida, con los puntos de las medias corridos, mientras el mexicano terminaba la historia de su seducción. Recordé cuando Karin me regaló, a espaldas del importador, la primera polvera que tuve; vi esos ojos lánguidos de amor sustituto. A mí, que le ponía mi mejor cara deslavada, de huerfanita en busca de madre. Cuántas veces, primero sin saberlo, después orgullosamente, fui el cebo del Cónsul en las comidas de los Leones, la ovejita balando atada a una estaca. Su cebo y su mejor arma con la que apuntaba directo al corazón de sus presas. Llegamos a ser un equipo de cacería mayor. Me guiñaba un ojo desde el otro extremo del prado en el Country Club de Cuernavaca, y yo me ponía contra el viento. Mi olor de los trece años atraería irresistiblemente a los horrorosos colegas, con sus vasos inclinados, y sus turbias miradas. Mientras tanto, el "Gran Cazador Blanco" cercaba a la hembra que había quedado sola. Me gustaba ese juego, aunque no lo entendiera por completo. En la cacería del amor él era un verdadero deportista: siempre terminaba soltando a su presa. Después tendríamos el espectáculo, entre lamentable y divertido, de verla revolviéndose furiosa, recogiendo su cartera y sus zapatos, dando zarpazos de fiera herida hacia la puerta...

Sin embargo, para él esos juegos parecían haberse acabado. Ahora todo era demasiado serio. ¿Qué diría si supiera que su hija empezaba a jugarlos?

—Iremos en tu auto, Julia. No olvides las llaves —oí que le pedía el Cónsul. Otra vez manejaría ella. El no veía bien de noche, últimamente... Pensé que antes no habríamos tomado esas precauciones. Antes nos veníamos a mil por hora costeando la carretera desde Barra hasta Salvador; yo gritando: "¡Va llegando a cien, a ciento diez, más rápido!", y él apretando el pedal...

María preguntó desde la cocina si debía cocinar. Julia le ordenó que me ofreciera algo. Yo grité que no comería. En realidad, no tenía hambre. Y además, en esa humedad, cualquier esfuerzo inútil podía resultar letal.

El Cónsul tomó su chaqueta. Vino hasta mi dormitorio a despedirse. Al pasar casi tropezó conmigo:

—¿Y tú, qué haces en el suelo? ¿En serio no quieres acompañarnos? Todavía hay tiempo, si te decides.

Ni siquiera traté de pararme. Si lo intentaba, la piel podía quedárseme en el piso, como las escamas de un pescado envuelto en papel de diario... Parado junto a mí el Cónsul se veía más que alto, inalcanzable. Llevábamos casi dos días sin hablarnos.

—No tengo hambre. Supongo que sólo "los Leones" pueden comer con este calor —ironicé.

El Cónsul evitaba mirarme. Hizo un movimiento para irse. Antes que partiera lo agarré por un tobillo. Era como si no tuviera huesos, sólo cartílagos, flexibles y escurridizos como la aleta de un tiburón. ¿Esto es lo que habían sentido aquellas mujeres transitorias que no habían conseguido atraparlo en sus destinos anteriores? ¿La mano resbalándose en la dura piel de escualo donde mis uñas no conseguían enterrarse?

—Tápate... —ordenó.

—¿Por qué? No quiero, hace calor...

—Enrico está en la cabaña, oigo la radio. Te podría ver... Ya no eres una niña... —dijo, poniendo la vista sobre mis pechos desnudos; y sonrió. Al padre se le escapaba su halagadora sonrisa de seductor...

—¿A qué hora volverás?

—No es asunto tuyo...

Julia tocó la bocina en el frente de la casa. El Cónsul forcejeó para desasirse. Lo tomé con más fuerza; el pulgar presionándole el tendón de Aquiles.

—No te suelto. Quédate; no vayas...

Agarrándose a la baranda y tirando, consiguió girarme unos 45 grados. Aproveché para asirme con la otra mano a su pantorrilla.

—Déjate de juegos —protestó—. Me están esperando... ¿Qué quieres?

—Nada... Mi beso de las buenas noches, solamente.

Titubeó un segundo, meneando la cabeza, y se agachó a mi lado. Sus rodillas a la altura de mi nariz, las masas tensas de sus muslos abiertos.

—Decídete a venir con nosotros —me pidió—. Te estás portando como una niña...

—Antes dijiste lo contrario. ¿Acaso no me veo como una "hembra"...? —pregunté, en la jerga de las antiguas cacerías.

—Una hembrita, todavía. Pero con mucha fuerza...

Me dio un beso en la frente. Lo solté. Lo miré alejarse hacia el auto que conduciría Julia. Un vapor azulado se levantaba del bosque esa noche. "Una hembrita..." Y pensé que en realidad su vista ya no era la de antes...

2

En cuanto el Willys salió al camino, corrí a ducharme. Después crucé el jardín hasta la cabaña. La pieza estaba a oscuras, la puerta abierta, el dial verde de la radio como un ojo de lagarto parpadeaba en el fondo. Enrico fumaba echado en el camastro que ocupaba casi toda la casita. Mi sombra oscureció su torso brillante de sudor.

—Te demoraste —dijo.

—Pero tengo dinero, y auto...

Hice tintinear desde la puerta las llaves del Cadillac... En cuanto al dinero, el Cónsul me había dado una buena suma por mi cumpleaños. Mis notas finales no la justificaban. Por consiguiente, sentía que lo mejor sería gastarla de un modo tan arbitrario como la había ganado.

—Y qué diablos quiere ir a hacer a Belén, ahora. Estamos mejor aquí —dijo Enrico, palmeando la cama a su lado.

—Sólo estoy buscando alguien suficientemente hombre que quiera acompañarme. Pero si no hay ninguno por aquí... —le tomé el cigarrillo y piteé profundo. Al devolvérselo le marcó una huella de mi rouge en la boca. Me había pintado los labios de un rojo oscuro, violento; le venía más al nuevo personaje que últimamente ensayaba en el espejo.

—Si buscas hombres de verdad, te han informado mal... Hay más travestis en ese barrio que en todo el resto del continente —dijo Enrico—. ¿Has estado en un club nocturno, por lo menos?

—Por supuesto —mentí. O no mentí. Porque creía imaginarlo perfectamente: un lugar lleno de humo, poblado de hombres ansiosos y mujeres ondulantes, vestidas con trajes de fantasía y escotes muy reales, que iban de uno a otro sin permanecer fieles a ninguno.

—¿Y qué le dirás a tu padre si se entera?

—Nada... Ya soy mayor de edad. Además,

¿con qué autoridad me va a preguntar? El iba todo el tiempo a esos lugares...

Encendí la lámpara Coleman, y me puse de pie. Quería que lo convencieran mi vestido mini, verde agua, que había comprado esa tarde, y los zapatos altos que tomé del closet de Julia. Me parecía justo estar en sus zapatos esa noche; y que fueran sus tacos los que me pusieran a la altura de Enrico...

—¿Así? —dijo incrédulamente—. ¿Y dónde están las botas...? ¿Qué fue del patito feo? —Bromeó. Pero ya no se reía. Intentó tomarme por las caderas, empujarme sobre la cama. Me escabullí fácilmente. Había aprendido rápido. Sólo una semana antes él me había detenido, casi sin esforzarse, en la orilla del río.

—Tendremos detrás nuestro a todos los clientes de Belén si vas vestida así... —protestó Enrico.

—Si hago negocio te doy una comisión.

—Ten cuidado. Quizá te la cobre —contestó, bromeando; pero la sonrisa de galán había desaparecido.

Y yo, de pronto, no podía pensar en nada excepto en colgarme de su cuello.

—Me ofreciste llevarme. ¿O eres un desertor de verdad? —le dije seriamente.

3

Diez minutos después, Enrico estacionó el Cadillac sobre el muelle. Un poco antes habíamos pasado por la esquina de la Casa de Fierro. El jeep de Julia estaba en la doble fila de las autoridades. Unos guardaespaldas ociosos jugaban a los naipes sobre el capot.

—Tenemos unas cuatro horas, banquete y discursos de los Leones incluidos —me dijo Enrico—. Quizás una hora más, si la colecta es un éxito.

—Pareces un miembro del club.

—Aquí todo el mundo conoce las costumbres de los Leones. Hasta podría decirte lo que recolectarán esta noche. A juzgar por los autos, unos 5 o 6 millones...

—¿Para qué?

—Beneficencia, por supuesto. La beneficencia es una estupenda lavandería. Blanquea cualquier mancha. ¿Quién tendría corazón para preguntar el origen de 5 millones donados a un leprosario? Hasta es posible que tu padre consiga un cheque para enviarlo a nuestros niños inválidos...

Abordamos un peque-peque. De pie en la popa, el botero movía la larga caña del timón y esquivaba obstáculos que sólo él podía adivinar en la oscuridad; otros botes, quizá, o cuerpos muertos a la deriva. Su fuerte olor a sobaco se unía a los demás aromas de la noche estancada. De pronto, una gran lancha policial nos superó. Su oleaje casi nos arroja por la borda. Un reflector nos barrió. Y la lancha volvió a hundirse en el abismo negro del que había salido. Su luz de posición meciéndose en lo alto del mástil, nos guiaba como la estrella en el camino de Belén.

De día, Belén podía parecer una desarbolada flota de piratas bajo los raídos estandartes del lavado, la nómade armada de la miseria, predestinada siempre a perder y multiplicarse. De noche, la oscuridad le concedía a la aldea flotante una momentánea victoria. Las troneras de los bares escupían fuegos de colores; la música machacaba la orilla de la ciudad con andanadas puntuales, y las luces incendiaban el agua aceitosa amenazando la tierra firme.

¿No habría sido mucho más propio para la vida nómade de un Cónsul haber instalado sus oficinas en una de esas calles de pasarelas sobre pontones que se mecían entre las chozas? Si un día nos cansábamos de nuestro destino, habría bastado con desamarrar la balsa del Consulado y abandonarla simplemente a la corriente. Sin hacer nada, tres semanas y 3200 kilómetros después, desembocaríamos en el Atlántico. O quizá no. ¿Quién sabe? El mar estaba tan lejano y los afluentes eran tan confusos e indecisos, con sus vueltas y revueltas en la llanura de árboles, que nadie podía asegurar que no fuera la misma corriente la que, dando un inmenso rodeo, volvía a engañarnos pasando bajo los pontones de Belén.

Así todo habría estado en orden. El Cónsul y yo, solos los dos, destinados a una ciudad flotante, bañada por un río circular, en el que navegaríamos siempre para volver al mismo punto.

El botero nos dejó sobre una planchada de tablones que hacía las veces de muelle. La seguimos serpenteando entre los botes y el fango hasta donde se acuñaban los palafitos.

Encumbrada en sus estacas, la aldea bullía con los altavoces y el crepitar de fritangas; las guirnaldas arrojaban ese tufo a pescado de las ampolletas pintadas; y los porteros nos gritaban sus bienvenidas sin convicción, invitándonos a subir hacia los neones donde se arremolinaba la malaria.

Abajo, en las casa-botes, las indias cocinaban inclinadas sobre tambores de petróleo. Sus pequeños colgaban en canastos a salvo de las ratas, y a favor del humo que les ahuyentaba los mosquitos. Parecían moiseses, recién rescatados de las aguas. Pero nadie pronosticaría que alguno pudiera salvar a este pueblo...

—Estás de suerte. Llegamos justo a tiempo para ver el show de hoy —me dijo Enrico, mostrándome la lancha policial, amarrada entre los pontones.

En la cubierta había cuatro o cinco muchachos detenidos. Dos policías de civil les apuntaban con armas automáticas.

—Pero si son sólo unos niños —protesté—. Tendrán trece o catorce años...

—Aquí no hay niños. A esos los llaman sicarios. Cada cual ha matado por lo menos una vez.

Los muchachos iban ataviados con camisas de seda y pantalones blancos. Los habían puesto de rodillas, con las manos tras la nuca. Parecía que en cualquier momento se pondrían a cantar un oratorio. Y en las barandas sus jóvenes novias los esperaban, con ojos entumecidos por la admiración y el paludismo.

—¿Qué te parece? —me preguntó Enrico—. Bienvenida a Belén.

—No veo el pesebre por ninguna parte —intenté bromear.

—Es que aquí Dios no nace todavía...

El Angel era una alta pagoda de madera, con tejados de cinc. Equilibrada en esos delgados palafitos nudosos, parecía otro monstruoso zancudo. Sobre el dintel, un ser alado hecho de neones verdes, chisporroteaba en la humedad. Y las fotos de las bailarinas pujaban por sacarse belleza de unos cuerpos escuálidos.

Encontramos una larga pista de baile, hundida bajo el nivel de las mesas. En el escenario del fondo un trío de músicos pálidos croaban canciones desventuradas. Enrico se acercó a la barra y me pidió un trago dulce. Una mujer solitaria, demasiado flaca, me miró rencorosamente desde el próximo taburete. El vasito frente a ella se veía pegajoso y vacío; y Enrico era como un parroquiano que llega al bar con su propia botella. "El cabaret más internacional de la Amazonia", rezaba el cartel en la entrada. Y en verdad parecía que en aquella pista se borraban las fronteras. Unos brasileños golpeaban la barra, pidiendo whisky. Con sus cadenas de oro sobre los pechos oscuros se veían lujosos y adulterados, como las botellas con etiquetas negras que les sirvieron. Y las chozas sobre el barro podían estar a mil años de distancia.

—Tú, cuando vienes a estos sitios, cómo las escoges. Quiero decir, ¿las recorres una por una, les hablas, las tocas? —le pregunté a Enrico, en una pausa de la música.

—Es una la que los ruega para que te inviten un trago. Y si lo hacen te dejas tocar las tetas —carraspeó desde atrás la mujer solitaria. Tenía una voz sin alas, como si saliera de una jaula en vez de una garganta. Y volvió a su copa vacía...

Enrico la ignoró:

—¿Por qué no le preguntas mejor al Cónsul? Dicen que era cliente de este lugar...

—¿Te da envidia? —ironicé.

—Ahora no.

158

—Sácame a bailar.

Enrico no alcanzó a contestarme. Una mujer madura le vendó la vista con unos dedos largos y llenos de anillos, como patas de centollas. Había salido de la oficina junto a la barra. Llevaba un vestido de bailaora flamenca, con un gran peinetón. Incluso en los zapatos altos de Julia me sentí pequeña a su lado.

—¿Qué hace aquí mi capitán? —dijo.

—¡Marlene! —Enrico la reconoció, acariciando una de esas manos huesudas.

La seguía un joven alto, calvo, con unas grandes gafas tristonas. Parecía un contador al que no le cuadran los números. Después supe que era el marido y disc-jockey del lugar. Aunque no parecía ocuparse mucho de la caseta de música. Tal vez sólo programaba las canciones tristes. Miraba a Enrico y a su mujer casi con angustia, como si temiera que fueran a besarse en su presencia.

—Te presento a mi amiga. Ella es el Angel de este lugar —me dijo Enrico—. Anna es la hija de nuestro Cónsul.

El barman le pasaba la cuenta a Enrico por sobre la barra. El Angel la interceptó y la rompió.

—¿Quién se ha atrevido a cobrarle al capitán? Aquí los soldados leales no pagan. Ni sus amigas. Solidaridad revolucionaria —dijo, guiñándome un ojo.

Después chasqueó los dedos hacia la barra, pidiendo otros dos tragos. El marido se adelantó al barman y acercó los vasos. Parecía contento de servirla por cualquier medio; y como un amante sin esperanzas agradecía incluso que lo dejaran mirar.

—De modo que tú eres la extranjera. Habíamos oído de ti. Tu padre fue un gran amigo de este club. A pesar de encontrarnos en distintos bandos venía todas las noches, en otra época. Le gustaba tanto que después de una función se llevó a nuestra estrella y no la devolvió más. ¿Verdad, Jean Paul?

El joven asintió dócilmente.

—¿Me lo prestas un segundo? —me preguntó Marlene, tomando a Enrico de la mano—. Tenemos un negocillo pendiente. Jean Paul te cuidará.

Y desaparecieron en la oficina. El joven calvo no se quedó a mi lado. La puerta cerrada lo atraía invenciblemente. Por un momento temí verlo agacharse y atisbar por la cerradura.

Un par de esos niños con camisas de seda se me acercaron. Las luces intermitentes los mutilaban como en un cuadro cubista. Pero no alcanzaron a hablarme. De pronto, de la misma salsa de manos, fogonazos y narices, se había desprendido la masa de Gonçalves; sus mechones canosos polarizados por la luz azul. El Prefecto se sentó a mi lado, gritándome en la oreja.

—Vaya, vaya, ¿qué tenemos aquí? La hija del Cónsul...

—¿Anda de servicio? Pensé que estaría también en la comida de los Leones...

—Me salí. Son demasiado largas. Además, alguien tiene que mantener a raya a las hienas mientras los leones comen, ¿no te parece?

El Prefecto se rió a gritos de su propia broma.

—¿Encontró alguna hiena aquí?

—Había dos o tres en el baño... Supongo que estoy demasiado gordo para que me aceptes un baile...

—¿Por qué no?

Me caía bien. Y además, lo anticipé perfectamente: el Prefecto bailaba como un caballero. El gran vientre lo mantenía a una respetable distancia; y el miedo que infundía nos abría un cómodo círculo en la pista.

—Recién hoy supe la buena noticia. El Cónsul se nos casa... ¿Estás contenta? —gritó, imponiéndose a la música.

—Di-cho-sa... —modulé, para que lo leyera en mis labios.

—Te entiendo perfectamente —volvió a gritar. Incluso bajo esas luces esquizofrénicas, su sonrisa parecía en efecto comprensiva—. Yo sentiría lo mismo en tu lugar...

Luego se detuvo acezando, haciendo gestos de rendición. Noté el alcohol en su aliento cuando me decía:

—¿Me acompañarías a respirar aire fresco un momento?

Tomándome por un codo me condujo a la salida. Parecía que me llevaba detenida. Caminamos unos metros hasta el mirador que volaba sobre los techos de las chozas y el río, en la oscuridad. Lo oí toser ruidosamente:

—Veo que te has hecho amiga de nuestro refugiado...

—Es lo mínimo. Por aquí él no ha encontrado muchos amigos.

—Al contrario. Mis informantes dicen que tiene demasiados. Algunos conflictivos, como la dueña de este lugar... ¿Supongo que tu padre no sabe que sales con él...?

—Hasta ahora no. Pero me imagino que usted se lo dirá. No creo que le interese. Está demasiado ocupado con sus propias amistades...

Hubo otro silencio. Más allá de las barandas, la noche se abría en gran angular. Observé el pesado cielo cóncavo, el silencioso río que llegaba del Norte contoneándose entre las volubles islas de arcilla, tan transitorias que nadie se molestaría en ponerles un nombre. Antes de pasar frente a la ciudad el Amazonas viraba en 180 grados, horadando la inmensa rada de barro donde flotaba el barrio de Belén.

Gonçalves volvió a carraspear. Observó el aceitoso oleaje de luces al pie del malecón. Los ojos oscuros brillaban; y se cambió de muñeca el reloj barato.

—Quería pedirte algo personal... —dijo por último, trabajosamente—. Sabes que tengo una hija de tu edad... Bueno, debe tener tu talla. Tal vez una tarde, si no tienes nada que hacer, podrías acompañarme a elegirle ropa. Nunca sé qué mandarle, ni cómo le quedaría. Temo que se avergüence de mi gusto...

Recordé al temido policía que un anochecer habíamos divisado absorto frente a los maniquíes de una boutique en el Jirón Próspero. Cuando nos acercamos, como un viejo fetichista sorprendido, huyó sin saludar...

—Por supuesto, cuando quiera... —balbuceé desconcertada.

—Y algo más —continuó—, dale un mensaje a tu amigo. Me he convencido de que no es sano arraigar a un piloto. Sería mejor para todos, en especial para tu padre, que se fuera discretamente. Alguien lo escoltará a la frontera, y yo miraré para otro lado.

—¿Y por qué no le da el mensaje usted mismo?

—Tengo la sospecha de que a ti te haría

más caso. Me parece que se estiman... Tal vez te haya dicho a qué vino, en primer lugar...

—No le he preguntado... Y aunque lo supiera no se lo diría. Sólo le puedo asegurar una cosa, no se trata de uno de esos sucios ladrones y traficantes que usted está acostumbrado a tratar. Es... —busqué la palabra un momento y al fin creí encontrarla— es un patriota.

—Patria es una palabra tan grande, mijita... Me quedo con la palabra padre. El tuyo, por ejemplo.

—El se sabe cuidar, siempre lo ha hecho. En cambio a Enrico lo persiguen. Y ahora también usted... Después de todo, parece que él tiene razón: la policía es igual en todas partes; usted es como los de allá.

—Te equivocas: somos muy distintos. En tu país ellos están al mando. En cambio aquí, yo apenas logro que me obedezcan mis hombres.

Atrás, las batientes de El Angel se abrieron de un portazo. El vaivén dejó pasar pantallazos del escenario y ráfagas de música. Una oleada de cabezas hundidas en la pista se volvía hacia el balcón de la entrada. Divisé un forcejeo. Los escoltas de Gonçalves aparecieron empujando a un grupo de hombres. Entre ellos venía Enrico.

—¡Entonces, de verdad es usted un fascista! —le grité—. ¿Qué pretende?

—Como no tengo nada que hacer, estoy salvando patriotas extranjeros... —me contestó tranquilamente Gonçalves—. ¿Sabes cuánto duran los pilotos de El Angel haciendo vuelos clandestinos sobre estas fronteras?... Hasta que llegan a saber demasiado; o le ven la cara a quien no debían: un año, dos a lo mucho. Estadísticamente... En fin, apúrate si quieren regresar a casa antes que el Cónsul. Los Leones deben estar empezando con los brindis.

El Prefecto hizo una señal mínima. Sus guardias soltaron a Enrico y corrieron hacia la lancha policial. Antes de abordarla, Gonçalves se volvió hacia mí, y continuó con su tema.

—Tal vez un vestido. Incluso ropa interior. Conozco un hombre que trae lencería francesa de contrabando. ¿O ella será muy joven para eso...?

… Desperté con la cabeza colgando del borde de mi cama. Todavía era de noche. La malla mosquitera latía con un extraño viento fresco. Un insecto trepaba en diagonal, o bajaba... No habría sabido decir dónde me encontraba. Hasta que reconocí las grandes pisadas de otro aguacero que subía desde el río, al trote, y llegaba aplastando los arbustos junto a mi ventana.

Me palpé. Mi cuerpo húmedo me devolvía la extraña sensación de estar tocando a una desconocida. Y de pronto, el recuerdo de las horas recién pasadas entró por la ventana junto con un relámpago. Recordé a Enrico besándome bajo la boca del estómago. Sentí sus manos dolorosamente impresas en el hueso de mis caderas. Creí que de nuevo hundía mis dedos en ese pelo corto, mojado de sudor. Olí y besé mentalmente el músculo tenso de su cuello. Cerré los ojos y lo vi lanzándose en el envión final. Recordé cómo, en el último instante, había creído sentir toda la dura mitad del mundo, la línea ecuatorial arqueándome la espalda, hasta casi quebrarme...

Creo que tuvimos sólo unos minutos más —aunque me parecieron horas—, antes de oír

164

el jeep en el que el Cónsul retornaba. Entonces había corrido desnuda en la oscuridad hacia la casa grande. Llevaba el vestido, y los zapatos de Julia, en una mano; y el largo brazo de la lluvia me perseguía…

Capítulo X

1

Rubiroza no tocó. Simplemente se materializó en la puerta de la casa. Tenía esa propiedad de los gatos: se aparecía silenciosamente con pasitos cortos, en lugares insospechados. Daban ganas de mirarle la suela de los zapatos, por si las tenía almohadilladas. La mampara mosquitera borroneó su silueta: el gastado traje a rayas, el sombrero deformado por el último chubasco.

—Señorita... ¿Puedo pasar? Me pescó el aguacero —me rogó desde la puerta. Cualquiera habría dicho que era sólo un transeúnte de mala suerte...

Estaba sola en la casa. La tarde había oscurecido de repente. Enrico había ido al centro para alguno de sus misteriosos trámites de arraigado. Debía firmar a diario en la Prefectura, o algo así. Y Julia estaba en sus clases de inglés. De pronto varias escaleras de aguas grises se desplomaron con un ruido ensordecedor. Duraría diez minutos, los escasos diez minutos frescos del día. Había estado así durante toda la última semana: la calma chicha del veranito de San Juan, el vapor sofocante levantándose de las selvas anegadas, eventualmente la presión reventando los estanques de las panzudas nubes grises que lanzaban su carga de golpe, como aviones cisterna.

—¿El Cónsul estará? ¿O la señora Julia? —insistió Rubiroza. Dijo "señora" entrecerrando sus chispeantes ojitos verdes.

La cochera a un costado de la casa se veía desde el camino. Tenía que haber notado que ninguno de los dos autos estaba.

—¿No lo buscó en el Consulado? —pregunté, subrayando la obviedad.

—Es cierto, el Consulado... —chasqueó los dedos—. ¿Cómo no lo pensé antes de venir?

—Y Julia salió hace un momento. Tendría que habérsela cruzado en el camino.

Imaginé al hombre del traje rayado, melancólicamente oscurecido por el sombrero sin huincha, mojándose en la cuneta de la calle Eldorado. Había dejado que pasara el jeep de Julia, antes de acercarse.

—Ya que estoy aquí, ¿no me invitas a pasar? Parece que viene otra tormenta...

Iba a escabullirme, inventarle cualquier excusa. Empezaba a cerrar cuando agregó, lentamente:

—Tienes mala cara... O estás trasnochando o estás enamorada, ¿qué será? Parece que en este clima todo el mundo se enamora: el Cónsul, tal vez tú, y hasta nuestro querido piloto. Hoy lo divisé. Llevaba tus mismas ojeras...

La sorpresa me hizo a un lado. Rubiroza entró sin limpiarse los embarrados zapatos amarillos. Sacudió el deformado sombrero que goteaba sobre los pisos relucientes de Julia.

—Bonita casa. Pensar que un ex compañero mío ha llegado tan lejos en la diplomacia. Me siento orgulloso... —dijo recorriendo el salón, apreciando los retratos mohosos, la familia del inglés suicida que nunca había viajado a reunírsele. Se dejó caer en uno de los sillones de junco devorados por la carcoma. Sonrió y tosió en medio de una visible nubecilla de aserrín.

—Mira lo que te traje —dijo finalmente, poniendo un pequeño bulto sobre la mesa de vidrio.

No pude reprimir un grito. Una cabeza reducida reposaba sobre un nido de su propio pelo. Tenía los ojos, la nariz y los labios cosidos. Parecía reconcentrada, soñando lo que quiera que fuesen sus diminutos sueños. La boquita trompuda me lanzaba un beso.

Rubiroza se rió. Me odié por haber gritado.

—Disculpa si te asusté. El domingo pasado me enteré demasiado tarde de que era tu cumpleaños. Como mencionaste que te gustaban las costumbres de los indios...

—Los indios vivos...

—Ya no abundan por estas comarcas. Así que pensé que esto te interesaría. Me la vendieron como auténtica. Tómala, tómala, no muerde... —dijo, alzándola por el pelo—. El cabello le sigue creciendo, todavía.

La toqué apenas. Era del tamaño de una palta madura. En su interior algo sólido, tal vez el cerebro convertido en una piedra gris; sonaba cuando Rubiroza la sacudía. La piel era suave, levemente escamosa.

—Me dijeron que perteneció a un jefe shuar —continuó Rubiroza—. Perdió una batalla. Su propio clan le cortó la cabeza. En varios meses de amor, con mucho trabajo, limando los huesos y cociendo la piel, lo redujeron a este tamaño más portátil...

—Por lo visto, sabe mucho de los cazadores de cabezas... ¿Alguna afinidad profesional?

Rubiroza se rió y me apuntó con el dedo:

—Eres ingeniosa. Me gustan las mujeres ingeniosas. Y la comparación no me ofende. Aprendí que los shuar son gente sabia y justa. Lo de cazadores de cabezas es una leyenda negra. Lo que ocurre es que son nómades y no entierran a sus muertos. Dejan que el cuerpo se lo coman las hormigas rojas. Las cabezas las reducen para llevarlas consigo. Buena idea, ¿no te parece? Así sería más fácil llevar con nosotros a los seres queridos, en viajes largos. Sería una solución para los diplomáticos, por ejemplo. Podrían viajar con toda la familia en la maleta...

Se acercó a la licorera y se sirvió una copita de anís. La pidió después:

—¿Me invitas? Mientras esperamos a tu familia...

Era evidente que no se iría tan fácilmente.

—Pueden tardar... —protesté.

—Mejor. Supongo que tendrás piedad de un peregrino cogido por la tormenta... así podré reponerme, y observar cómo vive un hombre afortunado...

—Creí que sólo había venido a observar el clima...

—El clima humano... Me quedó rondando aquello de que la temperatura media aquí es la misma del cuerpo humano. Después de todo, quizá el doctor Menéndez tenga razón. Quizá este infierno sea el sitio donde una vez estuvo el Paraíso... Y de allí que tengamos tanta vida erótica —dijo Rubiroza, descubriendo su sonrisa reparada con oros.

—No es asunto suyo.

—Te equivocas, me preocupa la felicidad del Cónsul. Alguna vez, aunque él se haya olvidado, fuimos compañeros. Para mí ésa es una hermandad eterna. Lo recuerdo en las oficinas de la Clave: era tan hábil con los códigos. Yo lo admiraba sinceramente. El más brillante, el más dotado de nuestra generación. Me pregunto por qué se habrá dejado arrinconar en el trabajo consular...

—Tal vez pensó que los tipos como usted preferirían las embajadas.

—¡Ahí está! ¡Tocado! —se rió de buena gana, y de pronto agregó tristemente—. Quizá tengas razón: él trató de poner un mundo de distancia con gente como yo. Y lo comprendo, no lo culpo. Pero ya ves, ¡aquí estamos reunidos! El mundo se ha achicado, y ya no es tanta la distancia que nos separa...

—Las distancias no son sólo geográficas.

—¡Tienes razón otra vez! —exclamó, dándose una fuerte palmada en la frente—. Eres tan brillante como él. Por supuesto, hay otras distancias, insuperables. Hay hombres que tienen suerte. Míralo ahora. Cuando en el país se hace una limpieza a fondo, con todas esas reestructuraciones y exoneraciones en marcha, alguien podría haberse equivocado. Algún burócrata podría haber decidido que un funcionario con su hoja de vida, sembrada de destinos menores, sería prescindible. Y de pasada cerrar un consulado donde no teníamos ningún interés que defender.

—A usted parece interesarle bastante. Por algo habrá viajado hasta acá...

—¡Ese es el mérito de nuestro cónsul! Haberle dado importancia a este puesto olvidado, habernos abierto los ojos sobre su valor geopolítico… Hay analistas en nuestra Cancillería que se quiebran la cabeza con este puzzle. Muchos que ahora envidian al Cónsul General en Iquitos…

—¿Usted entre ellos?

—No se envidia una buena estrella. Se tiene o no se tiene. Como reconocer la importancia del aire acondicionado, en un clima como este… Y tener el contacto con el fabricante correspondiente. O como descubrir, a nuestros años, el verdadero amor. Y después tener la valentía de pedir que nos autoricen a casarnos con una extranjera… Eso es lo que distingue a un hombre de otro al final: tener suerte y un poquito de valor para usarla. Especialmente en las actuales circunstancias…

—No entiendo qué tengan que ver las circunstancias.

—Todo, pues. En la propia Cancillería, hoy en día, hay gente importante que sospecha de la Carrera. El Servicio Exterior es visto por muchos como un nido de traidores. ¿Se puede confiar en el patriotismo de gente que ha hecho profesión de abandonar el lugar donde ha nacido? Gente que más encima decide pedir permiso para casarse en el extranjero. Naturalmente, yo comprendo, yo también estuve en el Cuerpo. Pero el Cónsul haría bien en aceptar ayuda, en dejarse aconsejar.

—Creo que él preferiría renunciar antes que aceptar su "ayuda".

—No se renuncia a esto, querida —me interrumpió bruscamente Rubiroza—. Este es un voto para toda la vida. Basta que un hombre pise

172

por primera vez el "Palacio de los Asuntos Exteriores", como lo llamo yo, y ya está frito. No se puede renunciar. Ya ha ocurrido la *alteración*...

—No entiendo de qué me habla.

—La *al-te-ra-ción*, por supuesto. Tú sabes, la palabra viene de *alter*: otro. El primer deber de un hombre destinado a los Asuntos Exteriores es convertirse en el representante de lo *otro*, ser distinto: extranjero entre extranjeros, extraño entre extraños. ¿Te das cuenta? Y una vez que te has alterado, ya no puedes regresar. Te has vuelto un extraño. Nadie te reconocería si se te ocurriera retornar a tu tierra. ¡¿Pero no has oído cómo hablan nuestros "colegas"?!

Había subido la voz; pero esa voz a cualquier volumen sonaba confidencial.

—Óyelos alguna vez. No a tu padre, ciertamente, que es y siempre fue excepcional. Pero a sus colegas. Lo primero que se les corrompe en el extranjero es la lengua. Ese acento mixto, macedónico, balcánico, que se les pega de tanto hablar idiomas diferentes. ¡Esa lengua promiscua, mechada!

Y golpeó la mesa con el canto de la mano. Parecía que estuviera cortando allí mismo, en un solo manojo, esas lenguas que él no hablaba.

Miró otra vez el reloj. Lo había mirado diez veces en la última media hora. Echó la cabeza hacia atrás como si planeara una siesta. Pero cuando me moví abrió un solo ojo verde. Si hubiera estado más cerca quizá habría alcanzado a oír el "clac" que hace el contrapeso al levantarse el párpado de una muñeca.

—¿Y todo eso qué tiene que ver con que él quiera casarse? —me impacienté.

—Mucho, todo, en realidad. ¿Por qué crees

que hay que pedir permiso? ¿Y que rara vez te lo den, ni aun en tiempos normales, para casarse con una extranjera? Es la primera lección que te enseñan en la Academia: el arte de acercarse a lo extraño está en saber mantener las distancias. Piensa que en su trabajo los diplomáticos están demasiado expuestos a costumbres raras, exóticas, que nunca se sabe lo que ocultan. Hay que mantener las distancias. Acercarse, pero nunca hasta el punto de ponerse en el lugar de nadie. La asimilación es el pecado original de un mal diplomático.

—Vaya qué curioso. Creí entenderle que precisamente a usted lo echaron por querer "asimilarse" demasiado, en Río de Janeiro.

Lo vi ponerse colorado; y le sentaba. Sólo la vergüenza puede rejuvenecer algunos rostros.

—Me echaron, sí. Y tuve que retornar y reeducarme. No había vuelto a salir hasta ahora, en treinta años. Pero lo importante es que aprendí mi lección: más nos vale amar el lugar de donde no podemos irnos. La patria es una dura lección que alguna gente no aprende nunca.

—Y por supuesto, usted ha venido a darnos esa "lección" —dije; y noté que desde hacía rato, todo lo que hablaba con él me salía entrecomillado...— para "ayudarnos".

—Ya empecé a hacerlo. La otra noche en Tebas, cuando me dejaron allí, enfermo. ¿Sabes por qué le recordé al Cónsul mi vieja historia de amor e injusticia en Río? ¿Sabes por qué quise refrescarle la memoria?

—Entendí que lo culpaba de algo...

—No fue así. Por el contrario. Lo hice para que recordara cuánto daño le puede hacer el amor a un Cónsul. Sobre todo un amor extranjero, cuando no somos discretos. El amor tiende a echar raíces, a anclar la nave del viajero, a retener a Ulises fuera de su patria... El amor es un pecado grave para el Servicio.

—¿Y usted tiene poderes para perdonar ese pecado...?

—No tanto, no tanto. Pero hay otras formas en que un buen amigo, un ex compañero, podría ayudar. Ayudarlo a conseguir sin escándalo, discretamente, ese permiso para casarse, por ejemplo.

Volvió a mirar la hora. Mientras hablaba, sus dedos manicurados habían jugado con todos los adornos de la mesa de centro, había desatornillado el pomo de un azucarero. Era de esas personas que siempre desarman algo mientras hablan, como el mago mostrando por ambos lados lo que sabemos que tiene doble fondo.

Afuera otra breve tormenta se había desatado. Los flashes de los relámpagos fotografiaban árboles doblados en la pendiente del río, tomando una instantánea del fin del mundo. Rubiroza observó melancólicamente el relámpago. Pestañeó. Parecía preguntarse exactamente para qué prodigaba la naturaleza tanta luz. Y luego lo oí reflexionar en voz alta:

—A mí me echaron por enamorarme en el extranjero. Y en cambio a tu padre, eventualmente, si hace bien las cosas, lo autorizarán para casarse fuera... Pero, por supuesto, él se lo merece. Tiene lo esencial: suerte y mérito, mucho mérito.

—¿Qué es lo que insinúa?

—¡Ay, gracias mi amor por suponer que todavía puedo insinuarme! En realidad, perdí ese don hace mucho tiempo... —se reanimó Rubiroza—. Sólo digo que es doblemente meritorio prosperar en un puesto remoto donde no hay nada que hacer. Inventar nuestro Eldorado, si no somos capaces de encontrarlo.

De repente, el cuarto apestaba al cuero rancio de esa cosa sobre la mesa. Me dolía la cabeza como si Rubiroza me la hubiera estado reduciendo. Achicándome los sueños al tamaño portátil y manejable de las cabezas reducidas.

Y en eso, como si la hubiera estado invocando en mi auxilio, oí a Julia llamarme. La puerta de la cocina se golpeó. Rubiroza volvió a consultar su reloj. Seguramente ella había estacionado en la cochera sin que lo notáramos, en medio de la tormenta. Entró empapada en la sala. Nos miró como si ambos fuéramos cómplices en algo. Sobre la mesa, la cabecita reducida parecía nuestro crimen.

—Señora, ya me iba... —alcanzó a decir Rubiroza, poniéndose de pie.

—Su amigo, su hijo. Algo le pasó... Vaya rápido... —dijo Julia, indicándole la puerta.

Rubiroza la siguió como un autómata, con sus pasitos cortos. Y de pronto se paró en medio de la cocina, esperando algo de mí. Todo color había desaparecido en ese rostro lívido. Le abrí la mampara de la galería trasera.

—Enrico lo sorprendió registrando la casita —decía Julia anticipando una explicación que nadie le pedía.

Lucas estaba en el medio del patio, de rodillas en el barro, bajo la lluvia. Enrico permanecía de pie frente a él. Ambos nos miraron con asombro, y cierto reproche, como si hubiéramos interrumpido alguna clase de rito. Lucas seguía mascando chicle. Sacudió su melena mojada para quitársela de los ojos, y nos sonrió incrédulamente, parecía el gesto de un gran cachorro, feliz de sentirse empapado. A no ser por su extraña posición, de rodillas con las manos sobre el vientre, se habría dicho que se divertía con el juego. Luego lo vimos escupir el chicle. La gomita blanca se incrustó en el barro. Y él fue cayendo de costado, lentamente, sin perdernos de vista, hasta hundir la cabeza en un charco de agua. Su boca seguía abierta, como si faltándole el chicle no supiera cerrarla.

—Me atacó —balbuceó Enrico. Y de pronto se miró la mano enrojecida, que la lluvia lavaba. El cortaplumas de Lucas, con el que tallaba corazones vacíos, resbaló al suelo.

Rubiroza emitió un gemido, precipitándose hacia el patio. Patinó en el peldaño mojado, y fue a dejarse caer en el barro, abrazando el pesado cuerpo de Lucas contra su regazo.

—¡No lo mueva! —Gritó Julia corriendo hacia la cochera. Y me insistió a mí:— Lo llevaremos al hospital. No permitas que lo mueva…

—Encontré a su amigo registrando mis cosas. Me podría explicar… —repetía Enrico, secándose inútilmente las manos en el pantalón.

El jeep se atascaba. Julia equivocaba los cambios tratando de salir de la cochera. Caía una lluvia tan pesada que me doblaba los hombros. Rubiroza continuaba meciendo a Lucas sobre sus piernas; la gran cabeza que no se le parecía en nada. Le hablaba al oído. Podía estarle cantando una canción de cuna. Recordaban una imagen de La Piedad; pero aquí no había resignación alguna. Y de pronto Rubiroza alzó el rostro hacia el cielo, la lluvia cegándolo; y escuchamos ese aullido, el de una perra herida.

Cuando me asomé de nuevo, la lluvia había borrado todo rastro de la sangre de Lucas en el patio. Llamé a Enrico pero no apareció por ninguna parte. Corrí hacia la cabaña. El colchón donde apenas la noche anterior nos habíamos abrazado, vomitaba su relleno de paja doblando medio cuerpo hacia afuera por la ventana. Obviamente, Lucas lo había destripado y escarbado su contenido antes de que lo descubrieran. La vieja bolsa de lona, con los sellos de "propiedad fiscal", donde Enrico guardaba sus cosas, ya no colgaba del clavo sobre la cama. Había sido una valija diplomática que el Cónsul le prestó cuando lo trajimos con las manos vacías desde la frontera.

Había llamado varias veces al Consulado sin lograr comunicarme. El teléfono me transmitía unos gorgoritos, como si la línea, al igual que todo lo demás en la ciudad, estuviera con el agua al cuello. Por fin, la secretaria que iba por horas me contestó. Ya habían llamado al Cónsul... Salió de urgencia al hospital Bautista.

Me senté en el borde de la cama. Permanecí así no sé cuánto. Como esos refugiados en los documentales de guerra, que continúan mirando por la ventana de su casa cuando una bomba ha volado las paredes...

A veces, la memoria puede ser el simple deseo de abolir el presente. Me encontré extrañamente paralogizada, reviviendo las noches anteriores junto a Enrico... Mis pasos desnudos escapando por la galería. La niebla azul que se desprendía del bosque tras la casita. Y sus manos alcanzándome por la espalda, en la oscuridad, enrollándome la camisa de dormir hasta el cuello, tomándome allí mismo, apoyada contra un enorme tronco musgoso... Arriba las grandes hojas de los helechos parásitos cedían, y dejaban caer una gruesa gota que me bajaba por la columna, erizándome.

Así había sido cada noche desde nuestra primera vez, durante toda la semana pasada. Encontrándonos detrás de la cabaña y huyendo a las dos de la mañana hacia Belén, o refugiándonos entre los árboles, o en la orilla del río...

Y ahora... En el pequeño velador de madera descubrí la hendidura fresca de uno de los corazones de Lucas. Obviamente había tenido tiempo hasta para eso, antes que Enrico llegara en medio de la tormenta y lo descubriera...

Cuando conseguí recuperarme me dirigí a la ciudad, en la vieja bicicleta que Enrico también había abandonado. La caravana de Gonçalves con el auto de sus escoltas bocinando, me sobrepasó. Sólo tuve que seguir la sirena para encontrar el hospital en la avenida Grau. Lo primero que vi fue a Rubiroza. Le gritaba a una enfermera, en la puerta empavonada del pabellón de Cirugía. Se indicaba el brazo extendido: un brazo blanco y flaco que la enfermera mestiza rechazaba sin contemplaciones. En el otro extremo de la sala de espera estaban Julia, el Cónsul y Gonçalves. Y en el suelo, echados contra los muros de azulejos, los indios apestados, que no tenían ninguna de las inmunidades del hombre blanco y que no esperaban nada de su medicina.

—¿Cómo está? —le pregunté al Cónsul.

—Grave. Lo están operando. Perdió mucha sangre, y han solicitado donantes. Aquí nadie es compatible.

Era difícil pensar en alguien compatible con Lucas. Este era un caso en el que la paternidad adoptiva no serviría de nada. El grupo sanguíneo de Rubiroza no era el de su pupilo. Y él se paseaba con la camisa arremangada inútilmente, y su lampiño brazo rechazado, junto a la puerta de Cirugía.

—¿Qué pasará si muere? —pregunté.

—Incluso si no muere —me contestó Gonçalves—, habrá problemas. Es un delito cometido por un exiliado, al que nuestro gobierno le dio refugio transitorio. Ya deben estar llamándome desde la capital...

—Dígales que fue un asunto entre extranjeros, ocurrido en un recinto diplomático... Enviaré un informe completo. La responsabilidad es mía —protestó débilmente el Cónsul.

—Temo, Cónsul, que las leyes de su diplomacia puedan haber sido derogadas y nadie le haya avisado. Hoy día son otros los actores y creo que no han leído las Convenciones de Viena. Vea usted...

Gonçalves indicó al observador de la DEA, ese americano llamado Kurtz, que habíamos encontrado en el puesto fronterizo unas semanas atrás. Se había acercado a Rubiroza y lo reconfortaba en voz baja. Llevaba la misma corbatita de lazo que daba calor sólo de mirarla. Parecía un pastor protestante de Wichita, o un lugar así, con su camisa blanca, y su cuello rojizo, y las convicciones aplastantes como sus zapatos número 45.

Julia me tomó la mano y me habló al oído:

—Todo va a salir bien. No te preocupes. ¿Dónde está Enrico?

Me quedé callada. Tal vez lo que correspondía era que le diera ventaja. La mayor posible. Y sin embargo, el Prefecto lo había dicho, ésta no era una región sino más bien un clima; no se puede escapar del tiempo cuando empeora...

En ese momento, el doctor Menéndez salió del pabellón de Cirugía. Traía el anticuado estetoscopio en el cuello, y su nervioso bigotillo temblaba más que lo habitual. Una se preguntaba qué motivo habría llevado al Honorario a escoger esa carrera donde estaba destinado a lo que más le horrorizaba: ver sufrir. Evitó a Rubiroza, y vino directo a reportarse con su jefe, el Cónsul. Empezó a excusarse:

—El equipo no pudo hacer nada. En un hospital de la capital tampoco habrían podido. Tenía cortada la femoral...

Parecía un apabullado profesor que vuelve de un paseo sin uno de sus alumnos. Y lo peor para él, podíamos verlo, es que el perdido fuera uno de nuestros connacionales.

—¿Dónde está Enrico? —me insistió Julia, ahora en voz alta. Siempre parecía capaz de adelantarse al miedo de los demás.

—No estaba en la casa cuando salí...

—Tendremos que encontrarlo, antes que otros lo hagan —dijo Gonçalves. Y agregó, apuntando a Rubiroza—. Sobre todo después que ése se entere...

Rubiroza nos observaba en suspenso desde la otra puerta. Su esperanza tambaleaba como un equilibrista sobre los indígenas yacientes, que no tenían confianza, ni ganas tal vez, de curarse. El Cónsul se adelantó unos pasos, pero Julia lo alcanzó:

—Déjame contárselo a mí.

Y de nuevo admiré su instinto: los hombres

181

no saben consolar a un sobreviviente. Por las mismas razones, quizá, por las cuales no saben tomar a un recién nacido. Como quiera que Julia se lo haya dicho, el caso es que esta vez Rubiroza no aulló. Se limitó a mirarnos incrédulamente desde la puerta de Cirugía. Con su manga subida y los ralos pelos en desorden, era la imagen de un viejo sin descendencia. Y sólo estaba Kurtz para acompañarlo hacia la salida.

Pasaron al lado de nosotros. El gringo le hablaba moduladamente, con su español sin acento, fabricado en un laboratorio de idiomas, y de vez en cuando un largo dedo amarillo apuntaba al cielo. Tal vez le iba citando la Biblia... : "Mía es la venganza, dijo el Señor"...

Capítulo XI

Ya eran las nueve de la noche y Gonçalves podía haber salido recién del baño turco. Estaba de pie en su oficina con un libro en la mano. Llevaba unos pantalones blancos impecables, guayabera celeste, y el bolsillo de su izquierda condecorado por una hilera de lápices. A pesar de su tamaño se podía sentir pena por él. Una triste paciencia emanaba de ese hombre que leía parado bajo la luz demasiado cruda. Parecía la hermana gorda, bien arreglada, a la que han dejado plantada en su primera cita.

Junto a la vitrina de las armas había dos repisas con libros. En la superior una docena de clásicos Aguilar, erizados de marcas de papel bien recortadas. Semejaban una pequeña congregación de sabios obesos, con sus chaquetones de cuero, dándonos la espalda enfrascados en algún debate. El ventilador de pie agitaba sus cabelleras de papelillos albos. Y sobre el escritorio había un marco de foto doble, con los retratos de unas niñitas.

Al Prefecto se le abrió la cara cuando nos divisó en la guardia. Apuntó con el dedo como si hubiera desenfundado primero:

—El Cónsul, y su bella heredera: "¿Qué ángel

183

malo se paró en la puerta de tu sonrisa?" —citó, como el animador de un concurso de preguntas y respuestas. Las armas largas en el arsenal de la pared podrían haber sido sus premios.

—Huidobro —adiviné yo. El dedo de Gonçalves quedó en suspenso. Parecía maravillado, como si nunca antes hubiera oído un nombre de poeta en labios de una mujer. Probablemente pensaba que la poesía era asunto de hombres, como la subametralladora en la mesita de la máquina de escribir.

—¡Qué maravilla! ¿Todas las jovencitas en su país conocen este poema?

—No —dijo el Cónsul, sentándose en la silla de metal—. Sólo las que no han cenado. El hambre, usted sabe, aguza el ingenio...

—¡Pero por Dios, Cónsul, si lo hubiera sabido! Como los divisé en la terraza, pensé que en el camino de vuelta podría solicitarle que me hiciera una corta visita...

—No se nos solicitó. Sus escoltas nos conminaron... —dijo el Cónsul, indicando al par de suboficiales indígenas. Llevaban el pelo cortado en flequillos y una cadena de oro con la plaquita de identificación sobre el pecho lampiño—. Pero ya que estamos aquí... ¿Tiene alguna pista de Enrico? Ya han pasado tres días...

—No exactamente...

—Supongo que no nos habrá llamado sólo para hablar del último libro de poemas que le presté...

—¡Ah, Huidobro! ¡Qué descubrimiento! Algún día, algún día iré a su país y comprobaré por mí mismo si tanta poesía es cierta. Mientras tanto, en realidad, he estado leyendo a Conrad... No acabo de entenderlo, Cónsul... —se

184

quejó tímidamente Gonçalves. Como buen estudiante por correspondencia parecía temer que no le hubieran llegado todas sus cartas; los universitarios poseían una clave que a él le faltaría irremediablemente.

—Lo leí un poco, hace años... —contestó desganadamente el Cónsul.

—No acabo de entender por qué lo llaman un escritor de aventuras. Aquí Conrad sería considerado un costumbrista... Qué ganas de comentarlo con usted. No sabe cuánto echo de menos nuestras tertulias. Cuando recién llegó y antes que se emparejara, nos reuníamos cada semana con el Cónsul, ¿sabes tú? Leíamos. Después apareció Julia y eso se acabó. Parece que amor y literatura rara vez se llevan. A mí me pasaba lo mismo cuando estaba casado, no me dejaban tener encendida la luz hasta tarde. ¿No le ocurre algo parecido, Cónsul?

—Es verdad... Las ficciones suelen ser celosas entre sí.

Gonçalves se rió a carcajadas, con verdadero gusto. Era evidente que gozaba con el Cónsul. Y que aprovecharía cualquier pretexto para prolongar ese placer. Evitándose entrar en materia.

—Por favor, este hombre... Cualquiera que lo oye y no supiera que acaba de comprometerse con Julia, podría creerle. Pero a mí no me engaña, yo sé que el cinismo es un requisito de su profesión. Aunque a veces temo que abuse de su inmunidad diplomática...

—Usted siempre ha sobrevalorado mi inmunidad. Es una antigualla, como el bicornio y el espadín de los embajadores. Hoy día todos los diplomáticos somos rehenes potenciales. Tal vez podría poner en venta o arrendar mi inmunidad diplomática. ¿Habría interesados por aquí, cree usted?

—¡Ah! Si usted cometiera la locura de dejarla, yo se la recibo de mil amores, con los brazos abiertos... —oí que decía Gonçalves, francamente ilusionado. Parecía que hablaban de una mujer.

—Por lo menos, ya sabe que cuando quiera le doy una visa... —le ofreció el Cónsul.

—No me sirve. Lo que necesito es su inmunidad, señor Cónsul. Que nadie pueda tocarme, que nada pueda alcanzarme. ¿No podría darme un pasaporte para ir fuera del miedo? ¿O sí? Tal vez en eso nos parecemos. Los dos hemos ido demasiado lejos. Usted no puede, ni aunque quisiera, dejar de representar a su país, pase lo que pase en él ahora. Yo, ni en la cama puedo dejar de representar un miedo...

Me asomé al balcón. Lo habían enrejado hasta convertirlo en una jaula protegida por una gruesa rejilla. Estábamos en un primer piso. Los detectives parapetados tras sacos de arena en la escalinata podían ver tan bien como yo el costado de la lóbrega Catedral, con su torre sin terminar. Un par de hombres negociaban algo, se llevaban las manos a los bolsillos, transaban. Observé las escalinatas de la Casa de Fierro, donde habían cenado los Leones... Había dos o tres autos último modelo. ¿Dónde esperarían correrlos en esta ciudad sin autopistas? El portero mulato frotaba los parabrisas con un paño, en círculos; sin exagerar, no fueran a escaparse de su interior los genios malignos que esperaban al volante.

El Prefecto salió a la jaula. Tomándome del brazo suavemente me devolvió adentro. Me dijo al oído: "Sé cómo te sientes. Pero no tengas pena. Enrico estará bien escondido, estoy seguro...". Era una frase extraña en labios de un policía. Pero preferí no aclararla.

Continuó en voz alta:

—Es mejor que no te asomes a ese balcón, Julieta; aquí los Romeos lanzan granadas... Supongo que la señorita ya es grande y puede oír esto, Cónsul. ¿Sabe lo difícil que es para mí conseguir una compañía que acepte que ese par de jóvenes inteligentes —indicó a sus escoltas en la guardia— deban pasearse delante de mi puerta y entrar cada media hora a mi cuarto? ¿Sabe que me ducho con la pistola colgada de la regadera? Le diré la verdadera razón por la cual me dieron este puesto: es una manera fácil que tienen mis superiores de deshacerse de un policía honrado. De mis dos predecesores, uno murió asesinado, y el otro se dejó comprar. Piensan que sólo será cuestión de tiempo... En estas circunstancias, no me culpe si le envidio su inmunidad...

El Cónsul observó a Gonçalves en silencio. Este contemplaba emocionado la repisa superior donde se alineaban sus clásicos universales, como quien añora las montañas de un país lejano. El ventilador continuaba agitando los banderines de papel en esas cumbres.

Finalmente, el Prefecto se encogió de hombros. Fue a cerrar la puerta de su oficina, de un golpe. El aire se estancó de inmediato. Continuó:

—Antes nos juntaba la literatura. Ahora, sólo nos reúnen asuntos profesionales. Como el caso de nuestro joven Icaro, ¿verdad?...

Por lo visto, los cursos del Prefecto también incluían la mitología clásica. Y una podía ima-

ginarse al policía, en cama al volver de una re-
dada, repasando bajo el mosquitero el fascículo
sobre mitos griegos.

—Bien observado, Gonçalves: es como el
mito de Icaro. Usted le quemó las alas al quitarle la licencia a Enrico y dejarlo arraigado aquí.
Y ahora él se ha perdido en su laberinto...

—Mi laberinto... ¿Y yo sería el Minotauro?
—se preguntó Gonçalves, encantado con la
idea. Pero se desilusionó de inmediato—. No,
yo soy apenas el guardián...

—Tal vez... Ahora, excúseme Gonçalves, pero si no nos tiene noticias de Enrico... Julia nos
espera a cenar. Lo profesional, me decía usted...

—Lo profesional, sí... Dígame Cónsul,
cuando Enrico apareció por acá... ¿Supongo
que habrá pedido un informe de filiación e
identidad? ¿Se lo enviaron?

—Me temo que eso es confidencial —se excusó el Cónsul.

—¡Qué coincidencia! Yo recibí hace unas
horas copia de un informe "confidencial".

—No le preguntaré por él entonces.

—Al contrario, Cónsul, al contrario. La
confianza es la base de la amistad. No necesita
preguntarme, yo le contaré: nuestra Inteligencia Aérea preparó un informe sobre su querido
aviador. No es mi jurisdicción por supuesto. Pero inadvertidamente, una copia ha llegado a
mis manos. Y los datos no me calzan...

—No sabía que sus militares se interesaban
en los casos políticos.

El Prefecto se apoyó en el escritorio y con-
templó al Cónsul, cabeceando, como si pre-
guntara si necesitaba explicárselo. Por último
suspiró:

—Cónsul, debo acusarme. No hice mi trabajo como correspondía...

—¿De qué me habla?

—Hace más de un año, cuando Enrico llegó, debería haberlo empadronado, haberlo investigado... En cambio, me conformé con el reporte de Interpol que no me decía nada y se lo dejé a usted. Lo vi tan entretenido con su refugiado, ejerciendo su jurisdicción consular, que acepté la versión del asilado político, sin revisarla...

—Sospecho que ahora la está revisando.

—Yo no. ¿Cómo podría un pobre Prefecto de Policía desde una zona remota como ésta, investigar un caso político internacional?... Pero la Inteligencia militar siempre nos debe favores. Los ayudamos cuando se complican con las deducciones simples, con la lógica del mundo real. Usted sabe, viven en unas salas llenas de mapas, pero no conocen muy bien las calles...

—¿Y si no saben cruzar la calle, por qué confía en sus informes?

—Nuestra Inteligencia no será muy sabia, pero puede canjear sus ignorancias. A falta de tecnología, el canje es lo mejor que puede hacer la Inteligencia en nuestros países. Le habrán entregado a su Fuerza Aérea alguna información inútil sobre misiles bolivianos, por ejemplo, y a cambio recibieron la TIFA del piloto. Y hasta una copia de su expediente por traición...

—Creí haberle oído que los datos no le calzaban —dijo el Cónsul, intentando acomodarse en la silla de metal.

—Casi todos calzan. Hasta el parecido. La radiofoto no es muy buena, pero... Quítele el pelo largo y la barba a nuestro refugiado, y le encontrará un vago aire de familia con este capitán de bandada; hasta podría ser su hermano menor. Excepto por un pequeño detalle...

—¿Me dirá cuál es?

—Haré algo mejor. Le leeré el informe de nuestra Inteligencia. "Capitán de Bandada Enrico Antonio Santini. Degradado por deserción de su puesto ante el fuego enemigo. Sometido a juicio sumario el 15 de septiembre de 1973. Hallado culpable" —Gonçalves levantó la vista de su informe y nos dijo la última parte de memoria—: la Corte Marcial confirmó su sentencia tres meses después. Fue fusilado en el campamento de prisioneros de Tres Alamos... Hace casi dos años. Si no me equivoco, el ajusticiamiento debe haber ocurrido uno o dos meses antes de que nuestro Enrico llegara por acá...

El Cónsul cambió de posición. Cruzó las piernas y los brazos, como quien se arma de paciencia:

—Tendríamos que concluir que Enrico es como el Cid: que gana batallas después de muerto... —dijo.

—No sé quién vaya ganando, Cónsul. Pero esto cambia las cosas.

—¿En qué forma?

—Usted es el experto en derecho internacional, no yo. Si nuestro piloto no fuera un perseguido político, entonces no tendría derecho a asilo, ¿verdad? Sería un simple pendenciero indocumentado. Un vagabundo que mata a un connacional en una riña. Eso no es un atentado político sino un delito común y corriente, un crimen perfectamente extraditable, ¿me sigue? Una vez que encontremos a Enrico, el juez estará feliz de tener una excusa tan fácil para lavarse las manos. Concederá la extradición. Lo pondrá en el primer vuelo, y se lo enviará a vuestra policía atado con cintas de regalo...

—Vamos, Gonçalves, usted no permitiría que ocurriera eso. Ambos sabemos que fue en defensa propia. Pero si lo juzgan allá...

El Prefecto sonrió melancólicamente:

—Tal vez lo fusilen otra vez. Sería un caso único. No lo he leído en ninguna novela, hasta ahora... En la frontera le pregunté si tenía alguna información que yo ignorara sobre las actividades de este piloto, o sobre esos colegas suyos. Ahora se lo vuelvo a rogar. Colabore conmigo. Estamos solos aquí: dos hombres maduros, demasiado río arriba, en nuestras propias vidas...

El Cónsul se echó hacia atrás en la silla de metal. No era fácil acomodarse en ella; seguramente era la silla donde sentaban a los interrogados. Me miró; miró al Prefecto. Por un instante pareció contemplar dónde había llegado, derivando en el curso superior de su propia vida. Después sonrió sin convicción:

—Veo, Gonçalves, que no sólo la Inteligencia Aérea especula. En Caballococha usted teorizaba que Enrico era una especie de contacto con los narcos; ahora ya lo hemos convertido en un fantasma. Un fantasma que sin embargo es perseguido internacionalmente y termina matando en defensa propia. Tiene que haber un error simplemente, en alguna parte. O su Inteligencia trata de confundirlo...

El Prefecto suspiró. Defendió del ventilador, con ternura, las agitadas hojas de las obras completas que había estado leyendo antes de que entráramos. En la cabecera de página, marcada por una cinta azul, alcancé a leer al revés: *El corazón de las tinieblas*.

—Tal vez, Cónsul, tal vez. A veces creo que no entiendo a mi propia inteligencia. Quizá no he leído los libros correctos. Es difícil educarse uno mismo. Tengo más preguntas que respuestas. Y en este clima es muy difícil dormirse con tantas dudas...

Salimos a la escalinata. Gonçalves ofreció encaminarnos al auto que había quedado en el otro extremo del malecón, cerca del Consulado. El Cónsul rechazó el ofrecimiento: "nos iremos como vinimos". El Prefecto volvía a su tristeza de autodidacta. Me dijo al pasar:

—¿Todavía me harías ese favor que te pedí en El Angel? Tal vez una de estas tardes quieras acompañarme, y probarte unos vestidos...

Capítulo XII

El avión correo despegó con dificultad. Lo vimos levantar la nariz, desprendiendo una rueda primero, otra después, de la pista gomosa del aeropuerto de Iquitos. Había sido un extraño funeral. Sin ceremonias, ni oficiantes. Y en lugar de enterrar al muerto lo habíamos dejado en el aire. Estuvimos en la losa viendo cómo la correa transportadora se tragaba lentamente la caja de Lucas, deglutiéndola entre baúles y sacos de correspondencia... No podíamos hacer nada más por él, y casi se diría que estábamos allí para asegurarnos de su partida. Luego, el lerdo Antonov carreteó por la pista, bamboleándose como una pesada ave carroñera indigestada con su presa. Lo vimos encaramarse al cielo tormentoso de la selva, y desaparecer rumbo al Sur...

—Ha sido usted más que un amigo, Cónsul, más que un amigo... —repitió Rubiroza varias veces desde el asiento trasero del Cadillac, en el camino de vuelta a la ciudad. Las pupilas verdes, fijas en un punto impreciso del paisaje anegado— más que un amigo.

—Es la obligación de cualquier Cónsul...

—Al contrario. Ha hecho más que su deber. Esto se sabrá...

Parecían dos generales el día de un armisticio. No había vencedores, ni vencidos. Y el único propósito de los muertos había sido facilitarles este reencuentro.

El Cónsul había hecho en tiempo récord los trámites de la repatriación. Mientras le caía una lluvia de cables oficiales, aún más espesa que los temporales que empezaban a arreciar. Yo misma lo había ayudado estampando los sellos consulares en la urna, junto al gran letrero *this side up* que llevaba en la tapa... Si el propio Lucas hubiera estado allí, pensé, no se habría perdido la ocasión de tallarle a la caja uno de sus corazones vacíos...

Y esa mañana nos habíamos encontrado los tres en la pista del aeropuerto. El Cónsul y yo descendiendo del Cadillac como esos parientes lejanos que sólo asoman para los funerales, y Rubiroza bajándose del coche mortuorio. El hombre parecía haberse encogido un poco dentro de su rancio terno a rayas. De pronto supe lo que siempre me había sugerido aquel traje: el uniforme de un convicto; y la extraña corbatita de lazo negro que llevaba para la ocasión era obviamente un préstamo de Kurtz. El propio americano completó nuestro magro cortejo, saltando de un minibús cuando el avión ya decolaba... El viento de las hélices barría la pista levantándome la falda y latigueaba entre las perneras de los tres hombres. Y fue Kurtz, en su extraño español sintético, el que propuso la plegaria que nadie había recordado hacer...

De vuelta del aeropuerto cruzamos dos controles. Las ramas de las palmeras giraban en el temporal como aspas de helicóptero; y la carcaza de burro que los buitres picoteaban el día de mi llegada seguía hundida en la cuneta. La policía allanaba los barcos que salían del muelle, y controlaba los caminos. Nos mostraron por la ventanilla un retrato hablado de Enrico. Con la barba y el pelo largo, parecía que el dibujante se había inspirado en uno de esos pósters de Jesús, "el más buscado".

—Lo puedo dejar en su hotel, Tulio —le ofreció el Cónsul...

—Preferiría ir con usted. Además, aún no hago su maleta. No sé por dónde empezar...

Estacionamos en el Jirón Próspero y rodeamos el edificio hasta la puerta del Consulado. Rubiroza nos seguía aparentemente por inercia. A cada paso se detenía y revisaba el malecón ante la inminencia de otra tormenta. Parecía el amo de un perro perdido. Por un momento creí que iba a silbar. Y un gran cachorro lanudo correría hasta él ladrando, y le pondría dos patas en el pecho.

—Si tiene unos minutos, Cónsul, quisiera seguir abusando de su paciencia —dijo finalmente.

—Tal vez sería bueno comer algo —titubeó él, mirándome. Eran las cuatro de la tarde y no habíamos almorzado.

—Por la diferencia horaria —insistió Rubiroza— quizás sería mejor hacer ahora mismo esas llamadas internacionales, ¿recuerda? Y tal vez adelantar con aquellos telegramas que me ofreció... Ha sido usted más que un amigo.

El Cónsul se decidió bruscamente:

—¿Por qué no comes algo tú? —me dijo, sacándose un billete del bolsillo—. Pide algo en lo de Petrus. Y si me demoro...

—... Tomaré una mototaxi y me volveré sola a casa. No te preocupes —completé.

195

Un viento negro y caliente barría el malecón. La vendedora tuerta del puesto de tabaco me miraba y se enjugaba su órbita vacía. Parecía que ese ojo nunca dejaría de agradecer al Cónsul aquellas visas de trabajo...

A media tarde, el bar iluminado y vacío derivaba en la penumbra tormentosa del malecón como un barco fantasma. Los ventiladores remaban lentamente en sus peanas, y el griego abría y cerraba la registradora con un golpe de tecla. Su opulenta mujer selvática le había rellenado la copita de ouzo, y ahora se aburría sentada bajo los portales. Se echaba aire con la falda entre las piernas. Tal vez lo hacía para que el marinero recordara por qué había varado una vez en estos ríos... Petrus me saludó un poco turbado. Desde atrás de su mesón, el dueño del bar se enteraba de todo lo que ocurría en Iquitos. Era como un Buda repleto de satisfacción; y creo que su única incomodidad consistía en no poder ocultar tanta buena fortuna, ante la desdicha de los demás.

Fui a sentarme sobre una de las bancas empotradas en la pared de mosaico. La selvática me siguió. Pedí un cañazo como había visto hacerlo a los hombres del lugar. Desde la barra, Petrus asintió. Lo bebí de un golpe, sintiendo la quemadura que me disolvía la garganta. Pedí otro.

—El Cónsul bajará pronto. Esta es su hora del café —me advirtió la mujer, parada a mi lado—. ¿Te sientes enferma...?

Realmente me sentía enferma. Todas las fiebres contra las que Leyla me había vacunado antes de partir, hacía un mes, hacía una eternidad, querían declararse ahora. Y de pronto la selvática me decía:

—¿Estás buscándolo, verdad?...

... Esa corriente de succión que produce la cercanía de otra soledad. Me pregunté si la selvática sería tan feliz como el griego. Tal vez también ella era una desterrada. Habría preferido irse, escapar, volverse a la tribu oscura de donde una vez, quién sabe por qué, había salido. Era de esa raza indígena de nómades, y estaba atada a un viejo marinero anclado... Se oyó la campanilla, y Petrus empujó de nuevo el cajoncito de la registradora.

—¿Sabes algo de él? —le pregunté.

—Yo no. Pero alguien te ha estado esperando.

Me indicaba a través de la ventana la terraza barrida por la lluvia del Este. Jean Paul, el tímido disc-jockey, calvo, el marido del Angel, se estrujaba una punta de la camisa bajo los carcomidos portales. Esperaba en la calle como si estuviera habituado a ello, con sus hombros caídos y su triste paciencia de cornudo. Me acerqué a él:

—Busco a un amigo —le dije.

—Todos buscamos alguno...

Los anteojos le resbalaban sobre la nariz huesuda. Seguí su mirada. Por uno de esos caprichos de las tormentas tropicales, el sol brillaba sobre Belén, como si allá reinara otro clima.

—El Angel quiere verte —me dijo.

Bajamos al puerto y le pagamos a un botero para que nos cruzara. La luz del Consulado en el tercer piso estaba encendida. Quizá Rubiroza había conseguido trabajar de nuevo junto al Cónsul, como en su lejana juventud. Quizá uno ponía en clave y el otro tipeaba aquellos telegramas urgentes que él había mencionado.

Era esa hora cuando los que alguna vez vivieron en aquella ciudad, incluso los que aprendimos a sufrir en ella, podrían olvidar sus defectos, y tal vez la echarían de menos. Escampó fugazmente. La bola del sol ecuatorial apareció achatada tras las gasas rojizas del crepúsculo. El día había sido dado de alta de sus fiebres y se iba, como un herido deshaciéndose de sus vendas ensangrentadas. Hacia el Sur una columna de lluvia sostenía la próxima nube negra, que se acercaba. Atrás, en el puerto, los corroídos barcos fantasmas de la era del caucho se repintaban de un color púrpura; su reflejo en el agua bruñida por el diesel volvía a navegar en círculos concéntricos. Los propios pesados gallinazos viraban el plumaje del negro al violeta y planeaban cabizbajos, antes de posarse rasguñando las falsas pagodas de cinc de El Angel.

A la luz del día, el cabaret internacional era sólo una hedionda barraca con las sillas de bruces sobre las mesas. De las exuberantes mulatas, apenas quedaba un par practicando una desganada coreografía. El disc-jockey las interrumpió dando una palmada seca. Tal vez pensaba en protegerme, como si un ensayo fuera más obsceno que el espectáculo. Y el *play back* de gemidos y susurros que acompañaba a las bailarinas siguió por su cuenta...

Cruzamos el cabaret hacia una puerta lateral y descendimos las escaleras hasta el nivel del agua. Abordamos una barcaza encallada al pie de los palafitos. Bajo cubierta descubrí un pasadizo flanqueado por camarotes sin puertas; los umbrales tapados por cortinas o tiras de plástico de colores. Jean Paul me indicó uno de los cubículos:

—Si buscas a tu amor, prueba ahí —dijo con su voz enflaquecida por los celos, y retrepó la escotilla.

Todo empezó a ocurrir muy lentamente, o lo recuerdo con mucha lentitud. Afuera se oyó la sirena de un barco grande. El pontón crujió, subió y bajó un poco sobre la ola. Me sentí mareada. Como si hubiera cruzado nadando el río para alcanzar otra orilla dentro de mí misma. Experimenté deseos de huir. De pronto, ya no quería saber realmente quién era Enrico, a qué había venido a Iquitos, o si había sentido algo por mí... Yo misma ya no recordaba a lo que había venido a este puerto fluvial. ¿A buscar a mi padre, a quedarme con él?... Al fin y al cabo, todos somos unos desconocidos que se tocan por un instante en una cabaña en penumbras; y antes del amanecer habremos partido.

Iba a escapar cuando Enrico apartó las tiras de plástico, en el umbral de uno de los cuartos. Vino hacia mí. Intentó tomarme en sus brazos. Me buscó la boca... Poco a poco fue admitiendo que no le sería tan fácil esta vez.

—Te he buscado durante tres días —le dije, con la voz más neutra de la que era capaz...

—Necesitaba esconderme. No voy a dejar que me detengan...

—¿Y no pudiste confiar en mí?

Quizá era la palabra "confianza" lo que más desentonaba en ese lugar. Enrico no parecía capaz de contestarme. Levantó con un palo la tapa de un ojo de buey. Los reflejos del río al atardecer nos inundaron.

—No quise comprometerte —dijo finalmente.

—Ya lo estaba: contigo.

De pronto, en el fondo del pasadizo, con una bata china y sus largas tibias cuadradas como patas de mesa, apareció el Angel.

—Será mejor que sigan discutiendo acá —dijo.

Nos hizo pasar a su camarote. Había un gran tocador de teatro, abanicos y mantillas de seda. Las paredes se veían tapizadas de fotografías y programas de variedades. La peluca negra colgaba en un ángulo del espejo como si la llevara una mujer invisible.

Sobre el tocador había una foto de dos milicianos españoles, hombre y mujer, con sus boinas y pañuelos, y una niña pequeña entre ellos. Había un parecido remoto con el rostro sin maquillaje del Angel. Como si la vida y los años le hubieran puesto a la niña la media de un asaltante. "Sitio de Huesca", decía en el margen: "1937".

—Mis padres —me explicó el Angel—. Ambos eran actores y cantantes. Me inicié con ellos. Recorríamos el frente animando a las tropas republicanas...

Costaba imaginar por cuáles extraños caminos del exilio había llegado la bailaora flamenca, republicana, a fundar su club en estos ríos.

—Y por lo visto todavía sigue animándolas —le dije, indicando a Enrico.

—Es lo que corresponde con los soldados leales —me contestó ella.

—¿Leales a quién?

Pero era una pregunta innecesaria. Sobre el tocador los dos milicianos sonreían, confiados en la victoria final, apoyados en una pieza de artillería.

—Sé que hay cosas que no comprendes,

Anna —intervino Enrico—. Pero si todavía me quieres, hay algo que tú puedes hacer por mí...

Lo miré, previendo que lo haría. Tenía esa virtud paradójica de los desagradecidos: una siempre se sentía en deuda con él. Hasta el Angel, por lo visto, parecía deberle algo...

—¿Qué es? —pregunté.

—Marlene me pondrá en un vuelo clandestino, mañana en la noche.

—¿Y lo hará a cambio de qué? —pregunté.

La mujer sonrió con amargura bajo la media. Pensé en el disc-jockey, en su desatendido amor tras bambalinas.

—No es lo que piensas cariñito. Ojalá lo fuera. El capitán me hará el favor de llevarme un encargo hasta Bogotá. Y yo lo sacaré de aquí. Lo salvaremos y haremos un poco de dinero para que pueda seguir con su lucha revolucionaria. Una mano lava la otra, y las dos la cara, ¿cierto?

—¿Pero la cara de quién? —pregunté a mi vez.

Enrico fue entendiendo de a poco. Asintió varias veces:

—O sea que es eso. Se enteraron...

—El Prefecto recibió un informe, Enrico. ¿O cómo debo llamarte?

El piloto titubeó unos segundos. Luego levantó los brazos en dirección al Angel. Volvió a enfrentarme y protestó:

—Por supuesto que no creerías que vine aquí con mi verdadero nombre, ¿o sí?

Hubo un momento de silencio entre los tres. Se oían los crujidos de la barcaza.

—No sé. No sé qué creer —dije por último. Y me dejé caer agotada y mareada en la muelle cama del Angel.

—Yo sí sé lo que hay que creer. Hay que creer en la gente y dejarse de mariconadas —explotó ella.

—Cállate. Yo la comprendo... —le dijo Enrico.

—No me callo, capitán. Este es mi barco, mi club, y aquí no hacemos tantas preguntas cuando compartimos una causa. Decídete de una vez, niñita. O ándate de aquí...

Los dos esperaban de pie frente a mí. Recordé la luz encendida en plena tormenta, en la ventana del Consulado. Probablemente ya se habría apagado. Era la hora en que Julia pasaba a buscarlo, después de sus clases de inglés.

—Está bien. Te creo... —dije finalmente—. ¿Qué quieres que haga?

—Necesito un pasaporte. No el mío. Uno nuevo, sin limitaciones.

—Sólo el pasaporte —intercaló el Angel—. Tenemos la foto y conozco quién puede llenarlo...

Creo que no titubeé ni un segundo:

—No hace falta. Sé cómo llenarlo. ¿A nombre de quién debo hacerlo?

Tal vez lo había pescado por sorpresa. Quizá me diría su nombre verdadero. ¿Pero cómo lo reconocería? Cualquier nombre puede ser falso, hasta el que nos dieran nuestros padres, si no creemos en él...

Agregué:

—¿Supongo que no podrás seguirte llamando Enrico Antonio Santini?

—Por supuesto, tendrás que inventarte otro alias —rubricó el Angel—. Uno que suene auténtico...

El piloto titubeó todavía unos segundos. Finalmente me dijo un nombre y unos apellidos.

Tan comunes y corrientes que no diferían del anonimato, como "Juan Pérez".

—Muy bien, lo llenaré con ese nombre. E inventaré otro para mí...

Enrico se quedó mirándome con incredulidad. Luego lanzó una carcajada. Se sentó a mi lado y me abrazó con fuerza:

—Sabía que estabas loca. ¿No estarás pensando seriamente en fugarte con un desterrado...?

—Completamente. De hecho, sólo lo haré si me llevas...

Enrico consultó con el Angel, atónito. La mujer meneó la cabeza, resignada. Como si la vida nocturna le hubiera enseñado que hay dos tipos de seres con los cuales no se puede razonar: los borrachos y los enamorados. Finalmente dijo:

—¿Por qué no? Podríamos hacerle un hueco en el avión. Hasta te sería útil, capitán. Una pareja pasa más desapercibida... La policía siempre sospecha de la soledad.

—Tendrás que llevarme... —repetí.

El Angel llenó tres vasos de ron y nos ofreció un trago. Enrico trató de besarme en la boca. Esta vez le respondí el beso. Después hizo un brindis.

—... Hasta el fin del mundo, preciosa.

Y no podíamos saber, ninguno de los tres, cuán apropiada iba a resultar esa expresión.

Capítulo XIII

Cuarenta y ocho horas después Julia me llamaba desde la galería de la casa. Yo estaba tendida sobre el colchón descosido, en la abandonada cabaña de Enrico. Y me hacía la muerta. No lo hacía desde niña. Entre todos los ejercicios espirituales de la infancia, éste es el que menos debiéramos abandonar: comprobar que nada pasa si dejamos que el mundo siga rodando en nuestra ausencia. Si yo hubiera continuado haciéndome la muerta quizá otros habrían vivido.

Recuerdo todo por cuadros, saltados. Me asfixiaba en la casa, me abrasaba de sed. De algún modo había llegado a mis manos una de las botellas intocadas de la licorera del Cónsul. De pronto oí el jeep de Julia que volvía de sus compras matutinas en la ciudad. Y corrí a esconderme en la cabaña.

Llovía sin misericordia. Me había empapado al cruzar desde la casa grande. Pero me sentía ardiendo por dentro. La ropa se me secaba en el cuerpo. Humeaba como si la hubiera puesto sobre un radiador. Podía ser peligroso permanecer mucho tiempo tendida en esa cabaña abandonada: las hormigas rojas, las serpientes. Tal vez viniera la quebrantahuesos y me abrazara con sus anillos hasta triturarme. No me importaba. Me habría gustado desdoblarme y verme muerta. Me encontrarían con una mano sobre un pecho y la otra rodeando el cuello de la botella. Después de todo, pensaba, quizá éste sea el único novio con el que siempre será posible escaparse...

Oí los pasos desnudos de Julia chapoteando bajo el alero de la casita. Tal vez llevaba en la mano los zapatos como era su costumbre... Quizá eran los mismos, de tacos altos, que usé unas semanas antes. Había venido directo hasta mi escondite. Tal vez su oído selvático podía captar mi jadeo de fiera atrapada. Entró en la casita.

—Si buscas a Enrico... —dije desde el camastro—, ya no vive aquí.

—¿Qué estás haciendo? Hace horas que te estoy llamando a almorzar.

—Estoy haciéndome la muerta.

—Para estar muerta has hecho bastante desorden...

No necesitaba abrir los ojos para sentir a Julia observando el caos reciente que yo había agregado a la cabaña. Dije:

—Hay gente que hace más daño tratando de ordenarle la vida a los demás...

—Déjate de enigmas. Y dame esa botella. Tu padre podría venir a almorzar...

—¿No te basta con lo que ya me has quitado?

Julia salió sin responderme. La oí correr hasta la casa. Oí el portazo de la mampara de malla en la cocina.

Podría haberlo dejado hasta ahí. Pero rara vez reconocemos las ofertas de paz que nos hace el destino. Rodeé la casa corriendo y subí a la galería. Entré en su dormitorio por las puertas ventanas.

—Me estás asustando —gritó, al encontrarme sentada en la posición del loto sobre la banqueta de su tocador—. ¿A ver? ¿A qué estamos jugando, dime?

—Jugamos a la búsqueda del tesoro. Yo lo escondí y tú lo encontraste, ¿verdad?

—¿Encontré qué?

—No seas hipócrita. Sólo tú puedes haberlos encontrado...

Julia titubeó un momento. Pensé haberla sorprendido. Pero incluso en esas circunstancias permanecía irritantemente dueña de sí misma. De pronto se decidió. Revolvió la pequeña colección de textos de inglés que tenía sobre la cómoda y extrajo dos libretas de cuero negro.

—¿Te refieres a estos? Son de tu padre, no tuyos...

Los pasaportes nuevos, que había sustraído de la caja del Consulado para Enrico y para mí. Los había escondido en la cabaña después de llenarlos. El escudo dorado brillaba en sus tapas.

—¡Cómo te atreves! —le grité furiosa, e hice un amago de arrebatárselos.

Julia ni se molestó en enfrentarme. Por lo demás, con ese cuerpo largo y flexible, me habría ganado una pelea fácilmente. Guardó los documentos en su cartera. Dijo:

—¿Cómo te atreves tú a robar documentos oficiales...?

Era tan propio de ella. Su afán de cuidar al Cónsul parecía abarcar incluso la defensa de la propiedad fiscal.

—Dámelos —le dije—. Los informará como

anulados y ya. No le ocurrirá nada. No perderá este puesto por esos pasaportes, si es lo que te preocupa. Creo que lo tienes bien asegurado...

—Por lo visto no quieres entender. No es el robo de los pasaportes. Tu padre jamás se perdonaría que te fugaras así...

—Se nota que no nos conoces. Las despedidas son nuestro fuerte...

—No hay gente fuerte, Anna. Sólo hay gente con poder o sin él —me dijo Julia.

De pronto parecía mucho mayor que todo el resto de nosotros, en esa historia. Y a pesar de ello, le contesté:

—Me iré con Enrico. Y tú podrás casarte sin interferencias... Es un buen trato para todos. ¿O crees que sólo tú tienes derecho al amor?

—Anna, no sueñes más. Enrico estaba solo. Y tú eres muy joven y linda. Buscaba otra cosa...

—Así que yo tenía razón la otra vez... —dije lentamente, dando un paso atrás—. Lo que pasa es que estás celosa. Lo querías para ti, ¿verdad? No soportas la idea de que me vaya con él.

Julia cerró los ojos. Casi la pude oír contando mentalmente hasta diez.

—Está bien, Anna. Si lo prefieres de este modo... Tendré que decírtelo todo: Enrico no quiere llevarte. Ayer me mandó buscar. Me contó lo que te había pedido. Y que tú habías insistido en fugarte con él.

—El no me haría eso... —dije. Y mi tono agregaba un: "¿o sí?".

—Me ofreció un trato. Si yo le entrego su pasaporte se irá de una vez, sin provocarle más problemas a nadie. Se lo llevaré esta noche.

—Pudo haber mandado a alguien a robarlo. El sabía dónde estaba... —balbuceé, tanteando como sonámbula en una pesadilla—. ¿Por qué iba a acudir a ti, precisamente?

—¿Por qué? Tal vez porque es un perdedor; y a los perdedores les gustan las pequeñas victorias. O quizá... —Julia titubeó, me miró al fondo de los ojos, midiendo mi resistencia—. O quizá para verme una última vez... Anna, no quiero hacerte más daño... Pero en algo tenías razón el otro día. Enrico anduvo detrás mío.

Para ser alguien que no quería hacer daño, había encontrado la llaga precisa... Y hundió un poco más el dedo en ella:

—Tal vez yo tuve algo de culpa. Tu padre bebía y me dejaba sola... También Enrico estaba solo y acorralado. Lo cuidé cuando le dio la malaria. Se habrá hecho ilusiones. No sé. Tuve que rechazarlo varias veces. Y sospecho que tu padre algo supo. Por eso nunca he entendido que haya querido ayudarlo, que lo trajera a esta casa.

—No tenía dónde vivir... —recordé. Y me sorprendí cambiando de tema, como solía hacer el Cónsul.

—Al menos tenía El Angel, ¿o no?... —me respondió Julia—. Y en todo caso, eras tú la que me preocupaba. Estando aquí, tarde o temprano Enrico se metería contigo. Por despecho o soledad. Como antes le había ocurrido conmigo. Traté de advertírtelo...

—Estás mintiendo para apartarme de él... —insistí, tanteando una última vez.

—No tengo por qué hacerlo. El se está apartando solo. ¿Cómo crees que me enteré de que tú habías robado los pasaportes? ¿Cómo crees que supe dónde los escondías?... El me lo dijo —remachó Julia.

No había superioridad o venganza en su voz.

Y así la llaga dolía más. Parece que duele más cuando quien nos hace daño no siente placer en ello. Caí sentada en la banqueta del tocador. Julia dio un paso hacia mí.

—Me delató… —dije.

—Te evitó hacer algo de lo que te arrepentirías toda la vida, Anna. Es lo más decente que ha hecho por ti…

Por lo visto, con Enrico, una terminaba debiéndole hasta sus traiciones… Afuera, la iguana corrió por el barandal; su pequeña cabeza de demonio.

—No lo defiendas. Ya entendí. Supongo que no debería sorprenderme, es un desertor… —Y agregué:— Ni en ti tampoco…

—Anita, lo siento tanto… —dijo.

"Anita"… Con un paso más habría alcanzado a tocarme. Yo podría haberme echado en sus brazos llorando, y quedarnos así hasta que el Cónsul llegara. Nos habría encontrado a las dos mujeres abrazadas. Prestándonos el pañuelo y contándonos nuestras desgracias, secretas para él; que habríamos mantenido secretas para el hombre, como en una verdadera familia.

—Anita… —repitió.

Pero no dejé que me tocara. De pronto una imposible corriente helada me había estremecido. Como si el antiguo propietario, el suicida inglés, se hubiera levantado de esa cama y pasado entre nosotras. Me puse de pie lentamente, secándome las lágrimas:

—No es nada. No es nada —le dije, apartando su mano—. Guarda tu compasión para el señor Cónsul.

Capítulo XIV

Sabía dónde encontrarlo. Todos los jueves el Cónsul jugaba al póquer con algunos de los Leones en la Casa de Fierro. Especialmente en estas circunstancias, el diplomático no faltaría a sus compromisos sociales... Crucé la plaza y me acerqué a las escalinatas. Los autos de último modelo seguían estacionados en la vereda. Y los mismos choferes que habíamos visto tres días antes, cuando fuimos a la Prefectura, continuaban al volante. El portero de cabeza engominada corrió a protegerme bajo un gigantesco paraguas.

Me encontré parada sobre el zócalo transparente que daba sobre las ruletas. Abajo veía traslucirse el remolino de la fortuna girando. Las mangas negras de los croupiers estirando sus rastrillos, ondulantes como anguilas sobre el légamo verde de los tapetes. Se oían gritos, dados, campanillas. De pronto parecía que ahí abajo habitaban los monstruos del río. Y yo los había venido a despertar.

Pregunté por el Cónsul. Una recepcionista me guió hasta la sala de póquer. Despedía un perfume casi inflamable. Divisé al Cónsul en una mesa de hombres arremangados, vociferando apuestas. Jugaba una mano con Gonçalves, el doctor, y algunos notables de la provincia.

—Vaya, vaya, la heredera —dijo el Prefecto, cubriendo sus cartas—. Tu padre va ganando millones. Hace meses que es imbatible. En el juego y en el amor. No es justo...

El Cónsul se dio vuelta. Me sonrió. Lo besé en la mejilla.

—¿Pasa algo? —me preguntó.

Me agaché y le susurré al oído:

—Supe dónde se esconde Enrico...

El Cónsul era un buen jugador de póquer. Podía blufear de ganador teniendo las peores cartas en la mano. No se le movió ni un músculo cuando pagó su apuesta. Se paró de la mesa:

—Señores, la familia me reclama. Sigan sin mí. Volveré apenas pueda.

Salimos a la escalinata. Al otro lado de la plaza los reflectores de la Prefectura iluminaban los sacos de arena. Y el balcón enrejado de Gonçalves relucía con la última lluvia. Entre dos esquinas, la negrura espesa del río y los puntos de luces de Belén, se movían tras las cortinas de vapor que empezaban a levantarse.

—Me cortaste la racha —se lamentó el Cónsul, medio en broma.

—No. Ya ibas perdiendo...

—¿De qué hablas? —me preguntó; y todavía intentaba sonreír.

—De tu nuevo juego, precisamente. De ganador...

Las pupilas le bailaban un poco, como si los años las hubieran soltado de su engaste. Las cosas debían tener muchos ángulos vistas con esos ojos.

—Has interpretado muy mal las cosas... —dijo por fin—. Supongo que he estado demasiado lejos de ti.

212

Eran casi las mismas palabras que había usado Gonçalves, aquella noche en El Angel, para referirse a su hija. Y precisamente en una de las ventanas laterales vimos asomarse la maciza silueta del policía, con su puro en la mano:

—Y bien Cónsul... —llamó—. ¿Nos va a dar la revancha?

—No podrá ganar —le gritó él—. El póquer es un juego para criminales...

Y esperó que la risa del Prefecto dejara de oírse en el interior, antes de continuar conmigo:

—Hablaremos luego, Anna. Ahora dime dónde está Enrico.

—En una barcaza. Cerca de El Angel. Saldrá antes del amanecer en un vuelo clandestino.

—Está bien —dijo el Cónsul, volviendo a subir la escalinata—. Regresa a casa. Yo me haré cargo...

—¿Informarás a Gonçalves?

—No sé... —me contestó. Se había detenido en un peldaño, dándome la espalda.

—Tendría que deportarlo. Lo extraditarían, ¿o no?

—Mi obligación... —dijo el Cónsul.

Y se quedó buscando las palabras. Luego miró a su lado. Como si consultara con una compañía invisible cuáles eran sus obligaciones. Pero sólo encontró al portero con su paraguas, pronto a empujarle las batientes de la Casa de Fierro.

—En todo caso —le dije, desde atrás—, si le informas, no lo hagas todavía. Dale media hora, una hora... En este momento Enrico no está solo.

—¿A qué te refieres? —dijo el Cónsul, volteando lentamente hacia mí—. ¿Con quién está?

—Julia. Debe estar ahora mismo con él.

El Cónsul bajó los peldaños. Me agarró por los hombros. Insistió en voz baja, temblorosa:

—¿De qué hablas?

—Me estás haciendo daño... Pregúntaselo a ella. Parece que eres bueno cifrando informes, y vendiendo aire, pero no sabes lo que ocurre en tu propia casa. Normalmente no se habría necesitado más. Yo conocía al antiguo viajero. El Cónsul hacía mucho que se había vacunado contra todas las enfermedades del amor. Bastaba la más leve inoculación de desconfianza para que sus defensas se activaran. Y su manual de supervivencia en el extranjero prescribía que lo mejor era partir, antes que perder su inmunidad... Lo vi tragar con esfuerzo, como si el hígado maltrecho volviera a amargarle la boca. Sentí sus dedos aferrar mi muñeca.

—Llévame —dijo.

El Willys de Julia estaba en el muelle. Lo había seguido hasta allí unos minutos antes. Después de nuestra pelea por los pasaportes rondé en torno de la casa todo el resto de la tarde. No supe hasta el último minuto que era esto lo que iba a hacer: seguirla como una espía. Apenas la oí disponiéndose para salir corrí hasta el camino principal. Esperé una mototaxi y estaba lista cuando el jeep pasó. La vi estacionarse en el puerto... Y me fui a la Casa de Fierro a buscar al Cónsul.

El botero flaco, consumido por la malaria, era el único disponible. Era el mismo que nos había llevado la primera noche, cuando nos fugamos con Enrico. No llovía. De las aguas crecidas se levantaban fluctuantes fantasmas de vapor. A lo lejos el hangar del muelle aéreo y sus hidroaviones flotaban en los bajíos de la isla Padre. Unas averiadas luces rojas y celestes parpadeaban en la torcida torre de control. El conjunto tenía el lejano aire de un árbol navideño de pobres, con sus avioncitos de regalo sin envolver... Y la draga relinchaba en la profundidad del puerto, como un caballo agonizando en un abismo.

El Cónsul no abrió la boca durante la travesía. Llevaba un jipijapa con la huincha desteñida por el sudor. Me sorprendió lo poco que pesaba su brazo huesudo sobre mis hombros. Parecía una cruz fácil de llevar. Sudábamos a chorros. Un par de veces lo vi llevarse la mano a la inexistente petaca en el bolsillo del pantalón. La mano se le iba sola a un gesto antiguo, como si la voluntad construida y apuntalada en los últimos meses, a la orilla de estos ríos, hubiera quedado a la deriva.

Evitamos el atracadero de Belén. Pasamos ocultos en la oscuridad, justo bajo el mirador donde unas noches antes Gonçalves me había pedido sus dos favores. No le había hecho ninguno de ambos. Las muchachitas se arracimaban en lo alto esperando clientes. Mientras no llegaran, bailaban gratuitamente al son de las músicas chillonas que escapaban de las cantinas. Los jóvenes rufianes vestidos de blanco se impacientaban. Y por encima de todo, el ser alado, de neones verdes, se diluía en la humedad; parecía que de veras volaba. Con un golpe de pértiga, el botero nos arrimó a la barcaza que se mecía bajo los palafitos de El Angel.

Después, muchas veces, he soñado con ese

ángel. Lo veo aleteando en la noche de la ciudad flotante, sobre el barro, en el cruce de ríos. Me llevo la mano a cierto lugar interior y palpo la cicatriz. Aquí la vida me rozó con un ala. Palpo esta quemadura que se me notará para siempre, donde el ángel de neones incandescentes me tocó y partió volando.

El oleaje de un barco grande golpeó nuestro bote contra la barcaza. Si nos poníamos de pie quedaríamos a la altura de su hilera de ojos de buey. Sólo había uno iluminado. El botero nos deslizó hacia allá. En la banca de proa, el Cónsul se secó el sudor de la frente con las dos manos. Alzó la vista hacia la tronera iluminada. Después me buscó como si pudiera evitarle este trámite. Iba poniéndose de pie cuando oíamos las voces. Las inconfundibles voces de Julia y Enrico.

—Mira.—susurré. Aunque ya sabía yo que no era necesario. Bastaba con esto, con la mera sospecha. No era el Cónsul hombre de irrumpir derribando puertas en la escena de la vida. Conocía demasiado bien su ética, la naturaleza de su inmunidad diplomática. Siempre hay que estar preparados a perder la felicidad. De antemano a perderla. Nadie puede quitarnos lo que de antemano hemos dado por perdido.

Lo vi encogerse, equilibrarse precariamente aferrándose a la borda. Sólo podía ver su silueta, no sus ojos, ni la expresión que hubiera en ellos. La silueta inclinada exactamente sobre mí, recortada en la luminosidad anaranjada del ojo de buey. Su tambaleo había apartado un poco el bote y nos deslizábamos hacia la corriente. En ese momento me cayó una gota. En la cara. Luego otra.

Luego empezó a llover.

Apenas pusimos un pie en el muelle, el Cónsul inició una apresurada retirada hacia el malecón. Caminó en dirección al centro. Al darse cuenta de que lo seguía, como uno de esos perros molestos a los que no tenemos nada que dar, recapacitó. Desanduvo el camino.

—Cómo pude olvidarme. Tengo que pasar al Consulado.

Me dio explicaciones detalladas. De pronto había recordado algo de la máxima importancia. Al día siguiente era el aniversario de un héroe local. Habría que izar la bandera, habría un acto en la Plaza de Armas al que asistir. Un discurso suyo, o algo así, que preparar...

—No te importa volver sola a casa, ¿verdad?

Yo creía saber perfectamente lo que haría. Volvería al Consulado. Trajinaría tras la foto oficial del Presidente. Extraería la llave de su caja de valores (donde encontraría cualquier cosa, excepto algo de auténtico valor). Abriría la pesada puerta inviolable, antiflama, y extraería el fajo de pasaportes nuevos, foliados, asignados a su Misión. Los recontaría uno a uno, varias veces, hasta convencerse de que le faltaban dos.

Alcanzamos el paradero de las mototaxis. Saludó a un chofer por el nombre. Le dio su dirección en la calle Eldorado. Y me despachó con dos palmadas sobre el toldo.

Capítulo XV

1

—¿No sería mejor que esperáramos a tu padre...? —me preguntó Julia, asomándose en la cocina. Cuando llegué a la casa llovía como si se fuera a acabar el mundo. Encontré la galería iluminada, abierta. Julia había vuelto antes y estudiaba uno de sus textos de inglés básico. Pasé directo a la cocina sin saludarla. La empleada se había retirado temprano y decidí calentarme algo.

—Está bien, esperemos —contesté, apagando de un manotón los hornillos.

Por mi parte, no pensaba adelantarme a los hechos. Todo el mundo me había recomendado, desde que llegué, no luchar contra este clima, adaptarme. Pues bien, de ahora en adelante, aunque fuese tarde, pensaba hacerles caso. La única posible supervivencia en estas tierras era la inacción. Esperaría, como me lo había anticipado el doctor Menéndez, que el cuerpo regulara su temperatura, hasta equilibrar la del paisaje. Esperaría que el Cónsul retornara de adonde quiera que hubiese ido después de nuestra incursión a Belén; y que los hechos hablaran por sí mismos.

Mientras tanto, saqué una cubetera de hielo que se derretía en mi mano, y fui a servirme un vodka. Julia me siguió en silencio, sin objetar por esta vez mi trago. Nos sentamos en la galería. La lluvia mantenía a raya a los mosquitos. El perro vago surgió chorreando de las sombras y se echó a los pies de ella. Seguía sin nombre, desde el día en que se mudaron con el Cónsul a esta casa.

Nos sentamos a esperar al Cónsul. Es todo lo que podemos pedir a lo inevitable, que se demore. Mientras tanto, era casi como antes, cuando volvía del Consulado en sus destinos anteriores, con cajas de comida china. Yo lo estaba esperando en el departamento amoblado, me contaba su jornada. Y la noche caía lentamente, envolviéndonos en esos raros silencios del extranjero, que también tienen otro acento. Aquí, en su último destino, en la mitad del mundo, el recalentado motor del día se había ahogado de golpe en esta oscuridad tibia y húmeda que costaba llamar "noche", que era más bien un día sin luz.

—Sobre lo de esta mañana... —empezó Julia—. Quisiera...

—Prefiero no hablar del tema. No hace falta —la corté...

Hubo un largo silencio. Luego la oí intentando acercarse desde otro flanco:

—Estas sí que son las grandes lluvias. Ya han llegado. Lloverá dos meses. Como si no fuera a parar nunca. Y refrescará. Ya lo verás.

"Ya lo verás..." Por primera vez sentí un vendaval de compasión, como sólo se siente por aquellos que lo peor que han hecho es querernos. En el momento más inoportuno, después de todo, esta mujer de otro mundo, quizá me quería. Tenía sólo unos pocos años más que yo (unos cuantos años menos de los que tengo ahora) y había cometido el error de querer cuidarme.

De pronto deseé con toda mi alma que nada cambiara. Me iría al día siguiente. Lo decidí de repente. Me iría y nada habría ocurrido. Julia se quedaría con el Cónsul. Se casarían, eventualmente. Ocurriría en un día de calma en medio de la temporada de las lluvias. Menéndez como sustituto honorario oficiaría la ceremonia en el propio Consulado. Los amigos transitorios de este puesto, quizá algunos de los Leones, harían de testigos. Y Enrico purgaría su destierro en un lugar diferente.

Mi verano tocaba a su fin. Pero era sólo mi idea del verano. Aquí no había estaciones de verdad. Aquí la vida brotaba para pudrirse enseguida, aplastada por su propia exuberancia. Las lluvias continuarían, y con ellas vendría la crecida. El río se hincharía. Belén, la ciudad flotante, se elevaría unos diez metros y volvería a bajar. Eso sería todo. El calor y los olores y el verde parejo de la selva serían siempre los mismos. Una podía caer fácilmente en la ilusión de que el tiempo no pasaba. Tal vez por eso el Cónsul había soñado toda su vida con estos puestos en la banda cálida del mundo. Quizá en estos lugares sin estaciones era más sencillo persuadirse de que realmente se es inmune. Inmune al cambio, al deterioro, a la muerte. Lo único que puede esperarse después del calor, es la lluvia, y después de ésta, aguardar de nuevo el calor.

Aunque yo sabía que desde esta noche, dondequiera que estuviésemos en el futuro, esperaríamos al Cónsul.

Aguardamos hasta las diez. Julia cada vez más intranquila. Se paró dos veces a llamar al Consulado, y a la Casa de Fierro. Sin respuesta. Escampó de repente, como si alguien en lo alto de ese dique de oscuridad hubiera bajado una esclusa.

—No entiendo qué lo demora —dijo asomándose a la noche inescrutable desde las barandas de la galería.

Podría haber sido la escena más doméstica de todas las que vi ese verano. La mujer asomada al balcón esperando a su prometido extranjero que se ha demorado en la lluvia. Desde afuera sólo le contestaba la vaga fosforescencia del río crecido; la carcajada de un papagayo; el asombroso silencio del aserradero selvático donde los insectos ya no ranuraban ni cortaban ni roían.

Dije que me iba a acostar, que no tenía hambre. Era cierto. Y por raro que parezca me dormí sin pensar en nada. Era como si me hubieran reducido la cabeza. No me cabía más de una idea a la vez. Y en ese momento la única era dormirme, enseguida.

Las desgracias que nos despiertan en mitad de la noche nos devuelven a un mundo un décimo más acelerado que nuestra inteligencia. A la velocidad de una película muda, gente semivestida corre por pasillos equivocados. En algún momento me despertó un grito, un canturreo, unas palabras incomprensibles, unos "papé Satán aleppe"..., que quizá pertenecían todavía al sueño. Julia, descalza y en camiseta, se asomó en mi puerta.

—Ayúdame —me exigió en voz baja, pero indiscutible.

Salí tras ella hasta la puerta principal. Al pasar, me restregué los ojos frente al reloj de la sala; era la una de la mañana. Otra vez había parado de llover. Me encandilaba el farol de la galería que agitaba el vendaval. Un arco de luz se dilataba y contraía barriendo la rotonda de gravilla.

El Cónsul yacía en el camino. No estaba tendido como un muerto o un herido, sino como un niño; o como un santo delante de Dios. Dormía de costado con un brazo doblado bajo la cabeza y canturreaba algo en sueños. No llevaba pantalones. Iba perfectamente vestido, con calcetines y zapatos, y hasta con chaqueta, pero no llevaba ni calzoncillos, ni pantalones. El sexo negro tan lacio y a gusto como su dueño.

Oímos sacudirse las ramas de un arbusto. Rubiroza apareció de las sombras, cautelosamente, con sus mechas en desorden y los ojillos verdes asustados. Se veía casi en tan mal estado como el Cónsul. Parecía el compañero de curso que trae a su mejor amigo después de la primera borrachera:

—Señora —empezó a excusarse con Julia, parado en medio de la rotonda—, lo siento tanto. Qué vergüenza… Insistió en que nos tomáramos unas copas. Para ayudarme a pasar las penas, dijo. Para que no pasara solo mi última noche aquí.

Julia lo escuchaba paralogizada en la galería.

—Yo no pude seguirle el ritmo. Nunca tuve su cabeza… —continuó Rubiroza, indicando el cuerpo a su lado—. Ha sido, ha sido…

Podría haber completado la frase por él: "más que un amigo".

Me precipité al lado del Cónsul. Rubiroza retrocedió un paso como si temiera que lo golpease. Luego se agachó para ayudarme a levantarlo.

—¡No lo toque! —le gritó Julia—. Váyase de una vez...

Rubiroza se detuvo en medio de su gesto. Me miró. Murmuró sólo para mí:

—Es increíble... El daño que puede hacer un refugiado insignificante, en un puesto sin importancia... —e indicó al Cónsul, meneando la cabeza—. Y pensar que es su último destino...

Luego, recogió de alguna parte su sombrero. Se enderezó. Inició, con sus pasitos cortos, una vacilante retirada:

—Señora, qué vergüenza. La comprendo. El auto está allá afuera. No le pasó nada... Y yo debo irme. Todavía tengo cosas que hacer.

Su voz continuó oyéndose un momento, cuando Rubiroza ya se había diluido en las sombras:

—Partiré temprano. Y aún no he hecho su maleta...

Julia bajó la escalinata y vino a ayudarme. Tomamos al Cónsul entre ambas, una bajo cada brazo, y a duras penas logramos pararlo. Se habría dicho que la vertical activaba algún mecanismo automático que no le funcionaba en los declives. Al sentirse de pie se deshizo bruscamente de nosotras y partió muy tieso, estirándose con dignidad los puños de la chaqueta. Montado en ese heroico monociclo de los borrachos, hizo un par de eses y chocó con la galería. Se quedó pateando un pedal imaginario, obstinado como un muñeco a pila. Pisaba con violencia en el mismo sitio, intentando aplastarle la cola al peldaño que le hacía el quite, mucho más hábil que él.

—Sublevación en la granja —dijo dándose la vuelta hacia nosotras.

Luego se llevó un dedo a los labios, haciéndose el astuto. Se dejó caer de rodillas, dominó el peldaño rebelde, subió en cuatro patas y continuó gateando. Dentro de lo que cabía, lo hizo con cierta dignidad, con el trasero blanco y peludo solemnemente enarbolado, como alguna clase de orgulloso mandril contoneándose hacia el interior de su madriguera.

Se reedificó tambaleando delante de la licorera, frente al obeso galón de whisky con su obtusa cabeza sellada y el brazo en jarro. Le hizo una reverencia.

—Buenos días, su señoría —dijo, dándonos la espalda—. Buenos días, Canciller, Excelencia. Hoy va a llover, Su Alteza.

Lo que le hayan contestado en aquella corte imaginaria, si le dieron o no el *agreement*, se lo guardó para sí. Esto era entre él y la botella. De repente la tomó por el asa y la inclinó. Toda la escena tenía el suspenso de una ejecución pública. La condenada ofreció dócilmente el cuello al verdugo. Desenroscó la tapa y ésta rodó al suelo como una cabeza. El Cónsul inclinó el pesado cuerpo del botellón sobre su vaso. Oí el gorgoteo, el viejo, amable canturreo del licor vertiéndose. Lo vi empinar un trago largo, servirse otro.

—Salud —brindó, volviéndose, levantando el vaso hacia Julia—. Salud y pesetas...

El galón de whisky decapitado se hamacaba en su columpio con un airecillo de cínica inmortalidad.

—Dame eso —dijo ella—, ya tomaste bastante...

—No estoy tomando... —repuso el Cónsul, enarbolando el vaso muy por encima del alcance de su mujer—. Me estoy preparando para las lluvias. ¡Vienen las lluvias, los monzones! ¡Hay que estar preparado para el diluvio!

—Ni una gota más, me lo juraste.

—¿Yo? ¿Yo? —preguntó el Cónsul, tropezando en las palabras—. Yo no fui. Sólo los inmortales pueden jurar.

—Te lo supliqué. Te advertí que si volvías a tomar me iría...

—¡Eso es! ¡Eso es! Hay que partir antes que nos pesque el diluvio...

—¡Suelta ese vaso! —gritó Julia, tratando de alcanzarlo.

El Cónsul le dio una bofetada de revés con la otra mano. Julia se agachó, tapándose la nariz. Cuando retiró la mano había sangre en ella.

—Noé se equivocó... —continuó el Cónsul, dirigiéndose a mí, dando un par de pasos vacilantes hacia atrás, el esgrimista que se retira después de la estocada—. ¿Sabes cuál es la única forma de salvarse del diluvio? ¿Sabes cuál es?

—No sé... —dije apenas. El mentón se me había independizado, temblaba y pronunciaba por su cuenta la mitad de unas palabras tan desconocidas como este hombre que tenía al frente. ¿Qué decía? Tal vez lanzaba en clave morse un S.O.S., mientras el agua me llegaba al cuello.

—En una botella. Para el diluvio habrá que estar sellado dentro de una botella. No confíes nunca en el arca, está podrida. ¡Hay que aprovisionarse de botellas!

Retrocedió más y se desplomó en el sillón de junco. Azotó la cabeza contra la pared, instantáneamente inconsciente. Todo abandonado, menos ese último decoro que no falla a los borrachos: el vaso estaba a salvo, firmemente empuñado.

Me acerqué. Lo toqué. Sudaba frío. En el cuello un islote de pelos entrecanos que se había afeitado mal esa mañana. Olía a orina.

Julia volvió del baño con un algodón en la nariz, una esponja y una toalla. Se agachó sobre él, tapándolo.

—¿Y los pantalones? —pregunté, estúpidamente.

—Deben estar en el camino, o en el auto. No habrá alcanzado a llegar. Entonces se hizo encima y se los sacó... ¿Lo hueles? Es su idea de la dignidad cuando se emborracha.

Su voz sonaba rara, impersonal. Quizá lloraba mientras le pasaba la esponja limpiándole la entrepierna. Pero me daba la espalda para que no la viera. Era de esas personas que sufren a un brazo de distancia de sí mismas.

Terminó de limpiarlo y le puso trabajosamente unos pantalones de pijama. Después, casi esperé verla tomándolo en brazos como un niño recién mudado. Pero a nadie le es devuelta su infancia; ni aunque gatee desnudo, ni aunque vuelva a orinarse encima.

Recién en ese momento, Julia se permitió quebrarse. Se sentó en el suelo a sus pies, le abrazó una pierna, apoyó la frente en sus rodillas huesudas.

—Me juró que ni una copa más. Me lo juré a mí misma. No puedo con esto.

227

—Tal vez tú no. Pero él siempre ha vivido así.

—¿Sabes cuántos años le dio el médico si volvía a tomar? Dos, con suerte tres. ¿Qué vamos a hacer ahora?

Hablaba en plural. Como si en realidad las dos estuviéramos en esto con iguales derechos y obligaciones. Una bajo cada brazo del hombre que habíamos recogido en la entrada. Y el mismo aroma a ron barato que el Cónsul había traído de la cantina, nos impregnaba.

—Estás ciega —le respondí—. Nunca dejó de beber a escondidas. Siempre tiene una botella en el Consulado.

—No puede ser. Yo lo sabría...

—Creo que sabes muy poco.

—No te entiendo... ¿Por qué hizo esto? —gimió.

—Hace un rato fui a buscarlo a la Casa de Fierro. Le dije dónde estaba escondido Enrico y que tú le ibas a dar un pasaporte. Me obligó a llevarlo hasta la barcaza y los vio juntos.

—Pero lo estaba haciendo por ti, por él —protestó Julia, sin entender.

—"Por él", quizá. Quizá hasta le diste material para el último de sus informes.

—¿De qué me estás hablando?

Me paré frente a ella. La mirada enrojecida de Julia me desquiciaba. Me pregunté por un instante si habría algo capaz de hacerla dejar ese sitio a los pies del Cónsul.

—¿De verdad? ¿De verdad quieres saber lo que ha estado haciendo para conservar este puesto, para seguir a tu lado?... —le pregunté.

2

Al amanecer estábamos solos. El Cónsul, dondequiera que lo hubiese llevado ese sueño sin alas de los borrachos. Yo sentada frente a él, en uno de los sillones de juncos cortados. Vi los fragmentos de su vaso, que había caído al piso, y el licor derramado mojando las pequeñas cordilleras de aserrín en torno de las patas del mueble. Nadie había barrido desde la mañana anterior. Traté de calcular cuánto tiempo nos demoraríamos en llegar al suelo, sobre los asientos pulverizados, si nos quedábamos perfectamente quietos y no teníamos a Julia para combatir la carcoma. El comején no se detendría. Implacable, terminaría por filtrar toda la casa a través de la cintura de un invisible reloj de arena. Hasta convertirla en un montoncillo de polvo que las lluvias lavarían.

De pronto, un trueno despertó al Cónsul de su borrachera. Emergió entre toses y temblores, despresurizándose como un buzo que sube por etapas a la superficie. Tuve un momento de pánico. Corrí a refugiarme en el baño.

Lo escuché ir de habitación en habitación, salir a la galería. Unos momentos después abrió la puerta y entró tambaleándose. Llevaba los pantalones de pijama que Julia le había puesto. Me encontró sentada dentro de la tina.

—Si te vas a bañar sería mejor que te sacaras la ropa. ¿Qué haces ahí? —preguntó con la voz aguardentosa—. ¿Y Julia, dónde está?

Titubeó un momento después de pronunciar su nombre. Tal vez la memoria también venía subiendo de las profundidades, como un lastre detrás de él, y recién lo alcanzaba.

No contesté. Salí y me fui directo a la licorera a servirme un trago.

—¿A esta hora? ¿Qué te pasa?

—Nada.

Dejé la botella. Todavía podía darle la ilusión de que tenía autoridad para impedírmelo. Después no le quedaría ni siquiera eso.

Se dio la vuelta. Observé, fascinada, esas anchas espaldas que la edad empezaba a encoger un poco. Ahora se dirigiría al dormitorio. Vería los cajones vacíos en la cómoda. Repararía en las desnudas pelvis de los colgadores en el armario, del lado de Julia.

—Se fue —le dije, antes de que alcanzara el dormitorio.

Se detuvo. Me enfrentó lentamente, con su sonrisa de cortesía. La máscara diplomática que se ponía cuando el mundo era una esfinge sin respuestas para él.

—Te dejó este sobre.

Le entregué la carta. La miró en su mano. Lo vi doblarse un poco bajo el peso de ese lastre. Lo vi envejecer.

Leyó la carta de pie frente a mí. Su vista ya no era la de antes. Pestañeaba, enfocando con dificultad. Después partió corriendo hacia el dormitorio. Dejó la carta en mis manos, como si también me perteneciera. Sólo la leí una vez, un fragmento, y recuerdo cada línea: "... Tú dices siempre que el precio más alto se paga por los destinos menores. Yo sé que soy uno de esos 'destinos menores'... Y ahora conozco el precio que creíste necesario pagar para tenerme a tu lado. Créeme, no valgo tanto. Estoy segura de no merecer ese precio. O no me siento capaz de compartirlo. Soy una cobarde, supongo. Perdó name. Trataré de cruzar la frontera. Me iré lejos por un tiempo. No podría permanecer aquí. Tal vez intentarías buscarme. Y temo que sabrías convencerme, como lo hiciste antes. ¿Me considerarás una hipócrita si me despido diciendo que te quiero? Sin embargo, a pesar de todo...".

Lo oí registrando el dormitorio. Me asomé. Revisaba el armario. Buscaba la bata tras la puerta. Revolvía los cajones de la cómoda. Encontró algunas prendas, unos cuantos pañuelos. Sobre el tocador faltaban sus textos de inglés básico. Se había llevado parte de su ropa y una lengua aprendida a medias. Era una escasa dote.

—Algunas de sus cosas no están... —dijo por fin el Cónsul, incoherentemente. Tenía un puñado de ropa interior en la mano. Alcanzaba para un modesto ajuar, para una mínima esperanza. Su seguro instinto para la denegación de la evidencia luchaba todavía por conseguirle una tregua. "¿Qué puede pedir un hombre mayor, excepto ganarle unos instantes al tiempo?", me había dicho el primer día que visité su consulado. Parecía ayer.

Me miró a la cara, en silencio. La casa, el cruce de ríos, la línea ecuatorial, habían desaparecido. Estábamos solos él y yo, destinados al extranjero, destinados para siempre a ese mundo exterior. Y pareció comprender algo.

—¿A qué hora salió? —me preguntó.

—Serían las tres de la mañana.

Se precipitó al teléfono. Llamó a la Capitanía de Puerto. Un hidroavión había despegado sin orden de vuelo, en medio de la tempestad, esa madrugada. El oficial de turno no sabía en qué dirección, ni quién lo pilotaba. Iniciarían una investigación sumaria. No podía darle más datos.

El Cónsul tomó las llaves del auto. Salimos derrapando por la calle Eldorado. El río subía, blanqueado por la furia del aguacero. Lo veía secarse las manos sudorosas en el pantalón, echarse sobre el volante. El camino arcilloso, anegado, aparecía y se enturbiaba al ritmo del limpiaparabrisas. El largo brazo metálico del Cadillac que nos decía, insistentemente, adiós.

Fuimos a la Prefectura. Gonçalves andaba en el escenario de un crimen; otra de las batallas sin gloria de su guerra de pandillas, seguramente. Lo esperamos sentados en la dura banca de los acusados. Diez minutos de amanecer más tarde, diez grados más de calor, apareció seguido de sus escoltas.

—Cónsul, vine especialmente —dijo desarmándose, poniendo la pequeña ametralladora sobre uno de sus volúmenes de obras completas. Estaba abierto en el punto donde lo había interrumpido su última pesquisa. Ahora leía Anna Karenina. Agregó:

—Me dijeron que me buscaba. Nada bueno me imagino. A esta hora…

—Una vez usted ofreció hacerme un favor.

—No una, muchas veces, Cónsul —dijo el policía. Noté de nuevo que le tenía afecto. Quizá fantaseaba con su vida diplomática, sus viajes, su seguro tomado contra toda permanencia. Pero era demasiado honesto para convertir eso en envidia. Habría querido ser él y no podía imaginarse hasta qué punto, en ese momento, él hubiera querido ser cualquier otro.

—Ahora necesito un favor. Quiero pedirle

que dé una orden. Que detengan a Enrico en la frontera, o lo devuelvan del otro lado, si ya cruzó.

Gonçalves lo miró sin entender.

—Hasta ayer usted no tenía noticias de él. No sabía dónde se escondía, ni quién es realmente. No confiaba en mis informes de Inteligencia.

—Tomó un avión y salió hace unas horas...

—Ya tuve el reporte de Aeronáutica. Un Catalina robado. ¿Por qué piensa que fue él?

Lo miró fijo. El Cónsul le sostuvo la mirada. Tal vez quería probarle los nervios. Supongo que en esa frontera rara vez tenía oportunidad de practicar otros métodos de interrogatorio, más psicológicos, como los que leía en sus libros. Pero yo sabía que el Cónsul podía pasar cualquier prueba. Su tranquilidad no era la de la calma, sino la de la amputación. Podía verlo recto a los ojos, en la confianza de que sus nervios no lo traicionarían. Sencillamente porque desde el amanecer no los tenía, habían sido seccionados limpiamente a la altura de alguna médula fundamental.

—Lo sé. Es todo. Tiene que alcanzarlo.

—Eso, si la tormenta lo dejó pasar. El espacio aéreo está cerrado desde hace dos días, usted lo sabe. Tenemos visibilidad cero. Hasta el tráfico fluvial fue suspendido, por la crecida.

—Enrico es un buen piloto. Y sabemos que un avión logró despegar.

—Otra vez, Cónsul. ¿Cómo "sabemos" que es él?

—Julia me abandonó. Tengo motivos para pensar que se fue en ese avión con Enrico.

"Me abandonó..." Lo había dicho rápido y no lo había delatado la voz. Estuve a punto de sentirme orgullosa de él. Como si estuviera aprendiendo

233

un idioma difícil y ésta fuera su primera frase de corrido: "Me abandonó". Ahora sería cuestión de que la repitiera a menudo. Hasta perfeccionar el acento de indiferencia, de inmunidad.

De pronto comprendí que esa idea había estado con él todo el tiempo. Quizá desde mucho antes de que fuera posible. Y desde siempre él había sacado sus conclusiones. Poco se habría sacado, incluso, con intentar convencerlo de lo contrario. Su moral de viajero le bastaba: cuando los hombres parten, es que huyen; una mujer se va siempre tras de alguien.

Gonçalves se azotó el muslo con el reporte de Aeronáutica que nos había mostrado. Negó con la cabeza, mirándome. Como si viera en mí el destino encarnado en toda la taimada raza femenina.

—Está bien, Cónsul, lanzaré un boletín. Llamaremos a la frontera. Ese tipo de aviones tiene poca autonomía. Tendrá que reabastecerse. Déjelo en mis manos. ¿Estará en el Consulado? Le comunicaré apenas sepa algo.

Recuerdo que salimos y nos paramos en la desharrapada plaza donde los naranjos goteaban. La tormenta nos daba una tregua. Caminamos hasta su oficina. Viendo de lejos el balcón con el escudo, comprendí perfectamente lo que sentirían esos nacionales en desgracia, varados en un puerto cualquiera, sin un peso, cuando aparecían por el Consulado pidiendo fondos para su repatriación.

La dueña abría el puestecito de tabaco del zaguán.

—Cónsul, espere... Llévele a la señora Julia su número —dijo, cortando un boleto de la lotería amazónica.

El Cónsul lo guardó sin mirarlo y subimos. Luego de entrar fue directo hasta el retrato presidencial. Sacó la llave de la caja de valores, y la abrió. Creí por un momento que volvería a su rutina. Alguna vez lo había oído elogiar las virtudes anestésicas del trabajo. Lo vería sacar el libro de claves. Quizá codificaría su informe sobre la escapatoria de Enrico... En cambio, del fondo extrajo una botella polvorienta de Queen Anne.

—Es muy añejo. La tenía reservada para un soborno —me comentó, sonriéndole a la botella—. Supongo que ahora podría sobornarme un poquito a mí mismo.

Abrí los postigos. Salí al balcón. Había amainado. El mástil desnudo, inclinado hacia la terraza del malecón, goteaba de la punta del asta.

—Anoche dijiste que hoy era un aniversario, aquí. Habría que izar la bandera —dije, por decir algo.

—Es verdad. Me olvidé —dijo el Cónsul—. Está en ese cajón.

Abrí el *kardex*. Y allí estaba la bandera nacional. Pero éste no era el viejo paño que yo recordaba; el que alguna vez había visto al Cónsul planchando personalmente para que nadie lo quemara. Esta era más grande y gruesa y tenía un escudo estampado en el centro.

—Sí, es nueva —dijo el Cónsul—. Me la mandaron hace poco. La otra se había desgarrado.

La até al cable y la icé sin ceremonias. El cielo plomizo colgaba tan bajo que se habría temido que el mástil lo perforara. El trapo de colores pendía en la calma chicha, en el ojo del huracán, como un trozo de naufragio flotando en el horizonte ceniciento y revuelto del gran río. Los gallinazos alineados sobre los tejados de Belén aprovechaban la escampada. Desplegaban las emblemáticas alas, en un vano intento de secarlas. En ese momento sonó el teléfono. Me di vuelta. El Cónsul se había adormecido sobre su sillón reclinable. Lo dejó sonar tres, cuatro veces. El teléfono, como un histérico gato negro maullaba sobre el escritorio, a punto de estirarse y arañarlo si no lo levantaba... Por un instante, pude ver esa ilusión en los ojos del Cónsul. La fantasía de que sería ella. Había sido un malentendido, la tormenta la había aislado en la casa de una amiga, cualquier mentira piadosa o increíble, que él habría estado, me di cuenta, dispuesto a aceptar.

No era una gran ilusión. Y aun así la hizo durar todo lo posible. Después estiró la mano y tomó el auricular.

—¿Sí? Con él... ¿Gonçalves?

Hubo una pausa. Un silencio profundo. Desde el balconcito alcancé a oír el crujido del ventilador de techo que se echaba a andar solo, cuando quería.

—¿Dónde cayó? —dijo por fin el Cónsul.

Lo vi cerrar los ojos. Yo también me di vuelta, esquivando el bulto instintivamente. Pero ante mí sólo tenía la tromba de la tormenta que volvía a cerrarse.

—¿Los dos? —le oí preguntar.

Sobre la sucia lechada del río, patrullando el tráfico fluvial, cabizbajos, vengativos, salían a buscar refugio los gallinazos.

236

Capítulo XVI

1

Fui la última en verlos a los dos. Sospecho que Gonçalves lo dispuso así. Tal vez era su concepto de justicia: el único castigo verdadero consiste en perder la inocencia.

—Hay un trámite que podrías ahorrarle al Cónsul —me dijo, encerrándose conmigo en la oficina del patólogo—. Alguien cercano tiene que bajar a reconocer los restos. Es un requisito. Como, en cierto modo, eres de la familia...

Dije que sí. En cierto modo habíamos estado a punto de ser una familia: habíamos tenido sueños cruzados y esperanzas de felicidad. Y al final nos habíamos impedido unos a otros realizarlas.

Una escalera de cemento conducía al sótano. La morgue del hospital Bautista debía ser uno de los pocos lugares realmente frescos de ese lado de los Andes. Tal vez el aire acondicionado lo había provisto el Cónsul. De no ser por la compañía, podría haber sido un sitio popular en la ciudad. El depósito parecía una oficina postal con sus ordenadas casillas y las grandes bolsas de encomiendas. (¿Consignadas a dónde? ¿A un más allá? La idea me espantaba, ¿es que ni muertos dejaremos de viajar?)

—No será agradable —me advirtió Gonçalves, aunque ya sabía que no estaba dispuesto a evitármelo.

Tiraron de una de las bandejas y vi a Enrico por última vez. O lo que quedaba de él. Al menos los ojos claros, limpios como el cielo de provincias donde quizá había hecho sus fumigaciones... Sus simples vuelos de piloto fumigador. Lo miré sin entender qué es lo que había amado en él; sin entender lo que podía ser eso que llamaban amor. Ahora no sentía nada, excepto el hielo de ese lugar. Me di cuenta de que en un mes mi piel había olvidado completamente el significado del frío. En todo caso, su expresión no daba para sentir pena. Parecía que al otro lado se hallaba más en su elemento. Deseé para él, sin rencor alguno, que encontrara un cielo libre donde siempre pudiera intentar sus acrobacias; esos tirabuzones y loopings, a lo largo de la eternidad.

—Lo estimabas —me dijo Gonçalves, repitiendo su expresión neutra de aquella noche en El Angel.

—Creí que estaba enamorada —lo corregí.

Parecía el epitafio perfecto para la tumba de una niña.

En cuanto a ella, por lo menos le habían cerrado los ojos. En el último minuto Gonçalves quizá me tuvo piedad. Trató de excusarme. Pero el patólogo con su delantal de caucho insistió en que la reconociera. Después de las recientes y sordas complicaciones, debían asegurarse de lo que nos estaban entregando. Pensé por un instante que querían dárnosla garantizada. Con póliza de garantía total: permanecería muerta durante todo el resto de nuestras vidas, o nos devolvían el dinero.

—Sí, es ella... —le dije al médico. Y sí, con una etiqueta de saldo amarrada al dedo gordo del pie y su costurón violáceo del vientre a un pecho, Julia seguía siendo ella misma. Incluso más libre y segura. Como si ahora supiera exactamente, pero se hubiera llevado para siempre el secreto, de por qué nos había ocurrido todo esto.

—Como una deferencia al Cónsul —me dijo el patólogo, mientras entraba la bandeja—. Le haremos autopsia solamente al hombre.

El resto del día desfila por mi memoria como una macabra danza de carnaval. Personajes ataviados con disfraces grotescos pasaban haciendo zumbar las matracas y pitos de sus condolencias enmascaradas.

Nadie podría decir que, incluso en esas circunstancias, el Cónsul no cumpliera con sus deberes. Cuando volvimos del hospital a la oficina, encontramos a Menéndez atendiendo al Honorario de Francia. El Cónsul tomó su lugar. El francés tamborileaba nerviosamente sobre el escritorio. Aún se veía la foto de Julia bajo el vidrio. Dijo:

—Venga a cenar esta noche. Mi señora lo manda invitar.

Su mujer era una rubia caduca, visiblemente infiel. Desde que me la presentaron, siempre supuse que el Cónsul había sido su amante, antes de conocer a Julia. Tal vez, el Honorario de Francia era de esos hombres demasiado nobles...

El Cónsul rechazó la oferta:

—Agradezca de mi parte a su mujer, Jacques. Pero habrá un funeral mañana, muy temprano. Creo que será mejor tener el estómago vacío.

—No sea tan duro consigo mismo... —dijo tímidamente el francés.

Quizá no quería que nos volviéramos a casa solos. Tal vez temía que él pudiera hacer una locura. Era no conocer al Cónsul. Habría que ser de otra raza para pensar que la propia deserción alivie en algo al universo, o a nosotros mismos. La muerte sería sólo otra destinación. Dondequicra que un cónsul vaya después, siempre seguirá en el extranjero.

—Tal vez deberías aceptar esa invitación —le dijo el doctor Menéndez, cuando el francés se fue—. Trata de distraerte...

—Es una mala estrategia, créeme —le contestó el Cónsul.

Después, en la vida, ahora mismo en este largo viaje de vuelta, me ha servido lo que el Cónsul me enseñó en esos últimos días. El recuerdo es mil veces preferible al consuelo humano. Tal vez para esto he escrito, para darle la cara al dolor. Mientras podamos darle la cara éste será manejable. Lo terrible es cuando nos permitimos olvidar por un instante, y al siguiente despertamos y recordamos que era cierto...

Antes del amanecer llevamos a Julia al cementerio. Es la ley en las tierras calientes: los cuerpos no pueden esperar. Fue una ceremonia muy breve, con las primeras luces. El doctor Menéndez dijo unas palabras que ahogó el aguacero. Los Leones depositaron unas coronas. Recuerdo unos empapados y moquillentos hermanos de todos los portes; una madre gorda y estoica observándonos fijamente desde el otro lado de la fosa. La fosa que se llenaba de agua, más rápido de lo que podían taparla.

Volvimos a la ciudad bajo un diluvio. Llovería así durante meses. Me lo había anunciado Julia dos noches antes: "Como si no fuera a parar nunca".

El Cónsul detuvo el auto en un extremo del malecón y tanteó su petaca. Estaba vacía. A media cuadra, atravesado a la altura de un callejón, reconocimos el auto policial del Prefecto. La baliza azul desteñía en un halo de lluvia. Seguramente allí había terminado otro capítulo en la guerra sin héroes ni gloria que libraba Gonçalves; y había dejado su auto con la baliza encendida como un marcador de página. Río arriba, las casas de Belén flotaban notoriamente más altas, encaramadas en la crecida. Eran las ocho de la mañana. Pero había tan poca luz que las lámparas en el bar de Petrus estaban encendidas.

—Vamos a tomar el desayuno —le dije al Cónsul—. Tienes que comer...

No me contestó. En realidad, casi no habíamos hablado desde el día anterior. Volvió a sopesar melancólicamente su petaca vacía. Bajó la ventanilla de su lado. La lluvia empezó a salpicarlo. Observó la casi imperceptible línea de claridad que se abría en el horizonte.

—La causa no fue solamente mi borrachera...

—¿Qué dices? —le pregunté.

Había hablado tan despacio que, en realidad, al comienzo no le entendí.

—Julia... Se fue porque se enteró de algo más, ¿verdad?

A través de los parabrisas empañados veía moverse la punta de las grúas en el muelle. La

241

draga seguía relinchando como un caballo herido en el fondo del puerto fluvial. El sonido de sus cadenas remachaba en mis oídos la última palabra que había pronunciado el Cónsul: verdad...

2

"¿De verdad? ¿De verdad quieres saber lo que ha estado haciendo para conservar este puesto, para seguir a tu lado?...", le había preguntado yo misma a Julia, dos noches antes. Recordé la mirada enrojecida, perpleja. Y la mujer sentada a los pies del Cónsul que dormía la borrachera.

—¿De qué estás hablando? —dijo Julia.

La vi incorporarse un poco. Soltó la pierna del hombre que hasta entonces mantenía abrazada.

—O quizá no has querido darte por enterada —continué yo—: a veces es más cómodo no registrar la verdad. Así como no registraste bien mis cosas cuando me quitaste los pasaportes...

Corrí hacia mi dormitorio y volví con la carpeta. Llevaba estampado en la carátula el pueril timbre de goma del Consulado: "Confidencial". La había encontrado dos días antes en la caja fuerte, junto a los pasaportes que sustraje. Esta vez la lancé sobre el regazo de Julia.

—Tómala, lee. En realidad esto te pertenece más que a él. Al fin y al cabo, es el precio que estuvo pagando por quedarse junto a ti...

Julia me observó un instante, confundida. Acariciaba la carátula como si la estuviera leyendo en braile. Luego se secó las lágrimas en

242

su camisa de dormir. Tal vez no quería mojar los documentos. Todos los objetos de trabajo del Cónsul le merecían un respeto especial. Hojeó lentamente, pasando uno tras otro los oficios en clave y sus copias descifradas.

No demoró demasiado. Supongo que la mujer que podía llenar un pasaporte conocería también el estilo retórico del Servicio. Más de una vez lo habría ayudado en trámites del Consulado. Y aunque había casi un año de informes reservados, la verdad saltaba a la vista desde los primeros meses. No se requería usar clave alguna. Por fin, cerró la carpeta. La alzó y se tapó la cara con ella.

—¿Por qué hizo esto?

—"Esto" lo hizo por ti —le remaché yo—. Espió a Enrico desde su llegada. Envió un oficio semanal sobre sus actividades. Informó como ciertas todas sus fanfarronadas sobre contactos políticos. No sólo eso. Cuando el tema se le agotó empezó a agregarle de su cosecha. Posibles contactos con la droga, tráfico de armas... Supongo que vio su oportunidad de darse importancia, de que conservaran abierto este puesto, y no lo exoneraran. Para poder darte todo esto...

Indiqué furiosamente los muebles apolillados, las puertas abiertas sobre la noche, la cochera del inglés suicida, invisible en la oscuridad del jardín; y la tormenta que había vuelto. De pronto, un ruido de vidrios quebrándose me interrumpió. La mano del Cónsul dormido había soltado por fin el vaso que empuñaba.

Julia se levantó sin tocarlo. Cuidaba todavía el hondo sueño en el cual roncaba el Cónsul. Caminó lentamente por el pasillo. A medio camino recordó algo. Retornó y me devolvió el legajo. Luego escuché la puerta del dormitorio cerrándose suavemente, detrás de ella...

Veinticuatro horas después habíamos vuelto del cementerio. Estábamos los dos solos en ese Cadillac con los vidrios empañados estacionado sobre el malecón. La lluvia mojaba al Cónsul a través de su ventanilla. Y la draga seguía quejándose, removiendo el limo en el fondo del puerto.

—Anna, contéstame —insistió el Cónsul—. Tú tomaste de la caja fuerte mi carpeta con los informes sobre Enrico. ¿Verdad?

Todavía no le respondí. En ese instante, el menos oportuno, por primera vez sentía como mío lo que el Cónsul acababa de perder. Supe que donde fuera llevaría esta vida pegada a la piel como una camisa sudada. El olor a tierra del gran río, el gusto salado del café, los toldos rayados de las mototaxis, los fuegos de las cocinitas callejeras al atardecer, el despacho del Consulado con su ventilador de techo que crujía. Y Julia descalza en la veranda como el primer día.

—Sí —le contesté finalmente—. Yo lo hice.

De pronto experimenté una arcada de vergüenza, náuseas. Instintivamente, el Cónsul se me acercó. Y al hacerlo olí en su cuerpo un débil aroma a ron barato; el que había traído pegado de la cantina dos noches atrás. A duras penas logré abrir la puerta del auto y asomarme. Vomité una bilis verdosa, del color del río. Sentía que mis propias vísceras intentaban escaparse de mí. El Cónsul me sostuvo la frente. Un poco después me desperté en sus brazos. Quizá yo había murmurado algo, excusas, semiinconsciente. El caso es que lo oí consolarme; él a mí:

—No llores más. Ahora no vale la pena.

—No fue mi intención —gemí.

—No te culpes, Anita. Yo no te culpo. Al final ella se habría enterado de todas formas. O me habrían jubilado y cerrado esta oficina. Yo sólo estaba ganando tiempo. Lo demás ha sido el destino... Por un destino menor se suelen pagar los precios mayores —le oí citándose—: supongo que es hora de que yo termine de pagar el mío.

El Cónsul me acunó todavía un poco más. Después me ayudó a enderezarme. Indicó hacia la terraza anegada. Media cuadra más allá, Petrus sacaba sus mesas bajo los portales del bar.

3

Uno de los escoltas de Gonçalves sollozaba con la cara entre las manos. Y el Prefecto le palmeaba la espalda. Juzgando por la guayabera impecable y su gran cabeza de ídolo recién peinada, nadie habría dicho que llevaba, como nosotros, casi veinticuatro horas sin dormir.

—Lo buscaba —dijo el Cónsul.

—Lo siento mucho. No pude ir. Tuvimos una emergencia —se excusó Gonçalves. Y le abrió los brazos—. Ayudándolo a sentir...

Durante todo el día anterior, en el hospital, en los trámites de inhumación, ni siquiera esa mañana recibiendo los pésames, había visto al Cónsul quebrarse. Ahora, al abrazarse con el policía, lo vi apretar las quijadas, sujetar el mentón.

—Gracias. Lo buscaba desde ayer en la tarde —repitió el Cónsul, llevándolo hacia la barra—. Y usted me ha estado evitando...

—¿Un trago por la casa? —dijo Petrus, poniendo dos vasos. Pero llenó uno solo. Recordaba a tiempo que el Prefecto no bebía.

Yo me senté a la mesa del escolta. Sollozaba con suavidad. No era desagradable, hasta para llorar lo hacían con ese acento cantarín de la frontera. El mismo de Julia. Veía a los dos hombres encumbrados en sus taburetes, repetidos de medio perfil en el espejo tras la barra; ese retrovisor donde los bebedores solitarios brindan con su pasado.

—No lo he estado evitando —le contestó finalmente Gonçalves—. Es que no he tenido nada que informarle.

—Sobre la caída del avión...

—Los accidentes no son de mi competencia. Aeronáutica recibirá mi parte y la Fiscalía de Aviación no abrirá causa. Mis peritos decidieron que fue la tormenta. Hasta el piloto más experto se habría perdido en esa tempestad eléctrica. Ni siquiera hubo falla humana...

—Sí la hubo —afirmó el Cónsul.

Gonçalves hizo una seña a su escolta para que se alejara. El suboficial se trasladó a una mesa del fondo y siguió llorando. Gonçalves se acodó sobre la barra. Apoyó su pesada cabeza en el puño. Era el gesto de un confesor harto de interrogar la miseria humana:

—A ver, Cónsul. ¿De qué me habla?

—Usted ya lo sabe. Es demasiado buen policía. Sabe dónde está la falla.

—No hubo falla, Cónsul, se lo repito. Fue el clima. Había demasiada estática. Ahora que la temporada ha llegado, lloverá con más regularidad, y se descargará la tensión. Así es aquí. Lo demás es su vida privada...

—Usted fue el que me dijo que aquí no había vida privada. Sus agentes vigilaban el Hotel de Turistas anteanoche. Me vieron salir junto a Rubiroza. Sus informantes en Belén le podrán decir en qué bares entramos, cuánto bebimos... Hasta quizá puedan contarle de qué hablamos. Los borrachos gritamos demasiado. También podría interrogarlo a él...

Gonçalves bajó la vista. Tenía unas largas pestañas de buey. Después dijo sin mirar al Cónsul:

—Lo intenté. Pero dejó el país ayer. En un vuelo privado. Los aviones del señor Kurtz son a prueba de tormentas...

—No importa. Yo sigo aquí... Rubiroza recibió dos paquetes sellados en la última valija diplomática. Haga sus deducciones...

Gonçalves dirigió una mirada al griego y, a través del espejo, entre las letras pintadas con tiza aguada, a mí. Luego intentó retener al Cónsul. Le palmeó el hombro con una jovialidad forzada:

—Vamos, Cónsul. Le agradezco por darme importancia. Pero las deducciones quedan para los verdaderos detectives. Yo soy sólo un policía. Lo mío es la represión, no la investigación. Y le repito que sin expediente no me doy por enterado...

Gonçalves bajó otra vez la cabeza, y hojeó con un dedo una revista. Tal vez era un fascículo de sus cursos de literatura por correspondencia. Por su parte, Petrus frotaba nerviosamente una mancha indeleble sobre la cubierta de latón. El Cónsul quedó ante la barra, ante las frentes gachas del Prefecto y del griego, que no se decidían a mirarlo.

Finalmente Gonçalves le dijo:

—Comprendo lo que quiere, pero no puedo hacer nada por usted, Cónsul. No puedo acusarlo. Aunque lo que me cuenta fuera un delito. Usted tiene su inmunidad diplomática. No lo olvide.

—Ya no. Envié mi renuncia, anoche.

—Tenía inmunidad cuando ocurrieron los hechos. Aquí no hay nadie que pueda juzgarlo. Tendría que volver a su país. Y permítame darle un consejo: es tarde para que renunciemos, Cónsul. Lo lamento...

Tal vez lo lamentaba de verdad. Lamentaba negarle el único favor que le habría servido al Cónsul. Haberlo detenido, detenido en su carrera sin meta, en su escapatoria de destino en destino; haberlo arraigado, como antes había arraigado al piloto.

—Ya despaché el cable. Estoy bajo su jurisdicción, ahora —insistió el Cónsul.

Gonçalves me miró por sobre el hombro del Cónsul. Era la mirada que se dedica a un cómplice y entendí que desde ahora el Cónsul y yo tendríamos esta nueva forma de parentesco. De pronto se resolvió. Meneó bruscamente la cabeza. Cerró de un golpe su fascículo:

—No hubo delito, no hay causa. Punto final. Además...

Gonçalves se puso de pie, y tomó por el codo al Cónsul. Durante un segundo creí que le daría en el gusto, que lo esposaría (con una cadena similar a la que nunca lo había atado a su valija), y lo acusaría de algo. Pero sólo lo llevó hasta la puerta del bar. Indicó hacia la salida del callejón, donde todavía giraba la baliza de su auto policial.

—Anoche tuvimos dos heridos y una baja. Mi otro escolta...

El escolta bajito, picado de viruelas, que me había servido chicha en el puesto fronterizo el día que recogimos a Enrico, no estaba. Y su compañero, idéntico a él, era quien lloraba con naturalidad sobre la mesa del fondo.

—Aquí no hay tiempo para ocuparse de los caídos de anteayer, Cónsul. Tómelo así. Tendrá que juzgarse solo. Aquí no damos abasto con nuestros propios muertos.

Gonçalves se volvió hacia la barra.

—Petrus, creo que ahora sí le aceptaré ese trago.

—Usted no bebe.

—Empezaré ahora. Tal vez en el futuro necesite algo de la inmunidad del Cónsul... —lo oí decir mientras salíamos.

Nos paramos bajo los portales. Ante las cortinas de agua del diluvio que había llegado. A mis pies, algo en el charco de la cuneta se coloreaba y disolvía; como cuando en lo más cerrado del dolor, se aviva una esperanza. Me asomé un poco. Levanté la vista. Arriba, en el balcón del Consulado, en el tercer piso, la bandera nueva chorreaba sobre la calle. Chorreaba y se desteñía.

Epílogo

*Pensé: mi padre ya no está, y si no
hago algo de prisa, su vida entera se
desvanecerá con él.*

PAUL AUSTER, *La invención de la soledad*

1

Y de esta manera, finalmente, hemos vuelto a volar juntos. Sobre el río del viento que ruge bajo las alas, en la zona exterior, a diez mil metros de altura, adonde pertenecen las almas portátiles. Volando, como se vive...

Una cristalina claridad inunda ahora la cabina. Aunque abajo en los valles es de noche, aquí arriba, en el aire, ya ha amanecido. Pronto aterrizaremos.

Después de mi retorno al país adonde el Cónsul no podía o no quería volver, pasaron años sin que apenas supiera de él. Por mi parte, di exámenes libres, terminé la secundaria en un instituto. Discretamente como había querido Leyla. Y apenas pude, poco después de entrar en la universidad, me casé y me fui de esa casa.

Envié el parte de matrimonio donde la previsión del Ministerio de Asuntos Exteriores le había remitido su más reciente cheque de pensionado. Una oficina de correos en Port Bolívar, Texas. Recibí de vuelta una carta larga, elaborada, tranquilizadora. Le iba bien, había iniciado un negocio, no decía en qué rubro. Aunque era algo que lo obligaría a hacer lo que mejor sabía: viajar. Ya me enviaría sus señas definitivas cuando las tuviera. Por el momento, y mientras consolidaba su empresa, no tenía domicilio fijo...

Describía un poco ese puerto: "Un terminal moderno, con largos buques negros automáticos donde parece que no viajara nadie, y sólo se oyen cadenas y se ven luces trabajando en la noche del Golfo...". Y luego de otros rodeos como este, agregaba, de pronto: "Quizá pensarás que no estoy en posición de aconsejar. Sin embargo, la distancia es la mejor posición, la más panorámica. Me pregunto si mis padres habrán intentado aconsejarme cuando me casé. No lo recuerdo. No es fácil ser padre. Lo único que no puedo enseñarte, es precisamente lo que me parece importante. Pero en fin, intentémoslo: trata de no ser exigente. Amor no es lo mismo que felicidad...".

La releí veinte veces. La miré al trasluz. Su propia textura —el papel barato, el sello del puerto granelero donde había sido despachada, la letra turbulenta— contradecían quizá las nuevas optimistas que me daba el cónsul. ¿Pero cómo distinguir realmente la carta de un hombre de negocios que escribe sobre la mesita del avión que lo lleva a cerrar un nuevo contrato, un nuevo nudo atándolo a su destino, de aquella otra, de caligrafía inclinada, temblorosa, llena de baches y desvíos, escrita sobre las rodillas, en las malas rutas interiores, sin señalizar, donde el alma se ha perdido como en un municipio pobre?

Por correo marítimo, meses después, nos llegó un regalo de matrimonio. Un álbum de fotos tomadas en nuestros viajes juntos, durante los siete u ocho veranos que pasé a su lado en algunos de los distintos y extraños destinos que el Servicio Exterior le había dado en el mundo. Hubo otra postal. Un par de años después. A título de nada, impulsiva. Una foto en blanco y negro, que muestra la terraza del Ritz de Madrid. Al fin y al cabo, sus expectativas parecían cumplirse. Está allí por negocios. Insiste en que le va cada vez mejor, que pronto podrá darme un remitente, cuando él y sus "socios" decidan dónde establecerán la sede central de la Compañía... Todos quienes coleccionaron estampillas cuando niños, reconocerán este reflejo. Examiné el sello, busqué el nombre en el atlas. Había sido despachada desde una oscura oficina postal en Gibraltar.

Guardé esa tarjeta y, al menos por un tiempo, no volví a pensar en él. Olvidé. Creí que había olvidado. Durante casi diez años no supe nada. O casi nada. Alguien, un viejo amigo suyo de tiempos del colegio, en un cóctel, me contó una anécdota absurda. Lo había confundido de lejos en una esquina de la calle Bleecker, en Nueva York. El desconocido barbudo y desgreñado que se volvió hacia él, uno de esos locos que hablan solos por las calles del Village, gritó en un inglés macarrónico que lo confundían, que siempre lo estaban confundiendo con otros, que ni en sueños habría escogido ser esa persona con la cual lo confundía este amigo...

Fue un largo silencio de diez años. Silencio radial, como el que se produce cuando una nave pasa tras el lado oscuro de la luna. Como aquel astronauta que caminaba en el vacío, silencioso, ingrávido, el cónsul derivaba en el espacio exterior.

Durante esos diez años o más, no quise volver a salir al extranjero. Ni siquiera para la luna de miel. Parecía una insistencia extraña por mi parte. Y más en aquellos años, cuando medio mundo quería irse. Tuvimos oportunidades, ofrecimientos, becas. No quise viajar. Tal vez temía que el mismo ángel con su espada de fuego que les impedía volver a muchos, no me dejara después regresar a mí.

Leyla y Lamarca insistían en incluirnos en sus excursiones, sus tours al Caribe. Nunca acepté. Hasta que dejaron de invitarnos. Por su lado, jamás se están quietos. Corren para ganarle en fallo fotográfico a los años. Cuando viajan vuelven delgados, estirados, y cargados de regalos para sus nietos. Cuando están en el país aparecen más a menudo en la vida social que en la mía. A veces temo que los flashes puedan producirles cáncer a la piel.

No salimos de luna de miel. De verdad pienso que no hizo falta. Viajamos de otra manera en esos primeros años. Pusimos nuestra casa, mandamos a hacer de madera la cama matrimonial que se deslizaba, crujiendo como una goleta, cuando hacíamos el amor. Al comienzo el barco zarpaba cada noche en viaje al paraíso. Y cada amanecer despertábamos desorientados, en el puerto de un nuevo mundo, con la cama corrida a medio metro de la pared.

Hubo esa primera noche fría de otoño, que mató la plaga de mariposas de luz. Dormíamos con las ventanas abiertas y al amanecer encontramos el suelo, la cama y nuestros cuerpos, espolvoreados por unos agonizantes copos que se deshacían al tocarlos. Como si durante la noche alguien nos hubiera lanzado por las ventanas un puñado de advertencias. Un recado sobre los ciegos años que revolotean en torno de una luz, y se queman antes que lo sepamos.

Hubo, hay, dos niños. Estas son sus fotos. Le envié copias al Cónsul. Para cada cumpleaños suyo le envié un juego de fotos a la última dirección que hubiera registrado en la oficina de Pensiones del Ministerio. "Para ser reclamada por..." Si acertaba a volver por allí. Nunca supe si las recibió. Tal vez sí. Un funcionario me escribió diciendo que una de esas cartas la había entregado a un hombre de su descripción, en Barcelona. Tal vez eran las fotos que iban con la nota en la que le anunciaba mi divorcio.

... Los ciegos años ignorados que después llamaremos felicidad. Sólo hay un dolor, me había enseñado el Cónsul en aquel remoto, sepultado verano de la selva. Sólo hay un dolor: descubrir que se puede seguir viviendo sin amor... Y que ése, precisamente, sea nuestro castigo.

Un año después (una semana atrás desde la fecha en que escribo estas líneas, cuando ya vamos a aterrizar), recibí una llamada de la oficina de Pensiones. Habían caducado los tres últimos cheques que nadie presentó a cobro. Pedí más antecedentes. El funcionario me dio las últimas, vagas, direcciones en los Estados Unidos. Puse varios fax, envié telegramas, pedí ayuda a los consulados respectivos. Nadie supo darme su pista. Hasta que me decidí a viajar yo misma a buscarlo.

2

Volé de Miami a Fort Worth, de Fort Worth a O'Hare. De allí a La Guardia. Habría bastado con leer este acelerado itinerario de escalas paranoicas, para deducir la fuga del viajero. Menciono los aeropuertos, los campos aéreos, no las ciudades. Al volver a viajar, redescubrí cómo me gustan (tanto como a él) estos oasis en la noche del insomne. Me gustan los sembradíos de luces rojas, azules, alineándose en la ventanilla, dando la bienvenida a sus grávidas aves migratorias. Siempre me han conmovido los altavoces gangosos anunciando rutas que se cruzan en este punto por un instante y se separan hasta el infinito. No me cuesta dejarme llevar por las cintas transportadoras, indiferenciable, insonorizada, aislada en el espacio de nadie de una pasajera en tránsito. Y mirarme en los rostros de la multitud boquiabierta, alzados hacia las pantallas donde cada cual busca el nombre de su destino.

Pasajera en tránsito... La idea me daba vértigo. En algún momento de esta búsqueda quise desaparecer yo también. Arrojar el pasaporte en un buzón y quedarme para siempre en este limbo internacional. Apátrida, rechazada por las policías de migraciones, continuaría rebotando de aeropuerto en aeropuerto, durmiendo en las salas de espera, comiendo de las máquinas tragamonedas, vistiéndome en las tiendas libres de derechos. Toda una vida posible tras los ventanales blindados de extranjería. Cuando abandonara para siempre la ilusión de tener un país, quizá allí podría encontrar al Cónsul.

¿Mi país? Al volver a viajar recordé hasta

qué punto el patriotismo me es un sentimiento completamente extraño. Supe que todos esos años —incluso los ciegos años— había seguido siendo la niña en suelo extranjero frente al consulado paterno donde se celebra la fiesta de un día nacional. ¿Sería la patria ese himno incomprensible que se oye adentro? Un disco rayado que vuelve y vuelve sobre el mismo surco; un escudo en el frontis, el emblema de nuestra extraterritorialidad. (En ese territorio de nadie el Cónsul ha bebido, está muy borracho, y se le caen las lágrimas dentro del vaso. ¿Será eso la patria?)

Estaba en una de esas terminales, no recuerdo en cuál, cuando llamé a casa y me leyeron el telegrama. Me lo enviaban desde el Consulado General en Nueva York.

Aterricé en La Guardia con la cabeza liviana, gaseosa, atada por un hilo a dos palmos de los hombros. Más bien aterrizó mi cuerpo. Después de estos vuelos largos nunca llegamos de una pieza. El alma venía unas horas atrás y tendría que reclamarla más tarde, como un equipaje extraviado.

Deambulé por las avenidas ventosas, demorando mi cita. Tomé un chocolate caliente y vi patinar al pie de Prometeo. Se escuchaban cascabeles. Oí niños pidiéndole regalos a un Santa Claus casi de verdad. Cayó una nevada lenta y blanda, como si en las altísimas azoteas todos los cocineros de Manhattan estuvieran desplumando patos. De pronto me observé en circuito cerrado sobre las pantallas gigantes de Sacks. No me reconocí. Alguna otra, mal sintonizada, había venido en mi lugar. El viaje nocturno le había quitado tinte y contraste. ¿Exactamente quién era, de dónde había llegado, a qué había venido? Y mi rostro podía ser uno de esos en las ventanillas fugaces... "esas caras entre el gentío, pétalos en la mohosa, negra, rama".

De repente me hallé sin saber cómo en el lobby del edificio Chrysler. Tuve que leer varias veces la vitrina del directorio, antes de encontrar, en el piso 46, el nombre del Consulado General en Nueva York.

3

El cónsul era un joven delgado, nervioso y parlanchín. Probablemente era su primera destinación importante. Quizá partía con el pie derecho en su larga carrera hacia el exterior.

—La esperaba. ¿Recibió mi telegrama? Lamento que fueran malas noticias.

Abajo, el desfiladero de la avenida Lexington se anegaba lentamente con la tinta azul del crepúsculo. Tras el escritorio la foto del presidente; el mapa fiscal en tres partes; la banderita en su peana de cobre...

—Lo conocí bajo otro nombre. Si hubiera sabido, le avisaba antes. Lo acogieron en una casa de socorro en El Barrio, así llaman aquí al Harlem latino. La gente cree que no hay solidaridad en esta ciudad, pero no es cierto. No sé si por el acento o algo que mencionó en sus delirios, pero le adivinaron la nacionalidad y me mandaron llamar.

El afiche turístico del Sur, la región de los lagos; el galvano otorgado por un alcalde neoyorquino a la colonia residente.

—...Conversamos largo en un par de ocasiones. Era un hombre encantador y culto. Noté de inmediato que había recorrido mundo. El Hermano irlandés a cargo del sanatorio, le daba una semana, dos a lo sumo, cuando lo encontré. Había tenido una crisis convulsiva, quiso salir a la calle dando alaridos, tratando de quitarse la ropa. Naturalmente quise saber más, haberlo ayudado, quizá repatriado. Pedí informes, pero el nombre que me dio no figuraba en el Registro Civil. Para ser exacto, era el de una persona fallecida. Volví a visitarlo y traté de sacarle la verdad. Si había algún pariente a quien avisar. No hubo caso. No es raro de ver, tampoco. Un emigrado al que le va mal nunca quiere que se entere la familia. Jamás me hubiera imaginado...

La antesala. El mesón con los diarios y revistas del país. Sus noticias atrasadas, del mes anterior. La patria no sólo queda lejos, está siempre en el pasado.

—Un mes después me lo encontré. Parece increíble. Pero es una de las cosas que nos enseña esta profesión. Uno se pierde en los pueblos chicos y se encuentra en las grandes ciudades. Tuve que ir a la autoridad portuaria, por un asunto de aduanas, y allí estaba. Con una corbata torcida y un sobre grasiento en las manos, pero rehecho, haciendo antesala como yo.

El diario mural con noticias de interés para la colonia. La nostálgica fiesta del día nacional que se celebró en un gimnasio de Nueva Jersey. Las cartas de los padres angustiados, que pegan la foto carnet de un estudiante fugado en el último año. Y agradecen cualquier noticia sobre el hijo indocumentado.

—¿Qué hacía allí? Me había picado la curiosidad. En este trabajo consular uno es medio de todo: sacerdote, juez, y detective. Al día siguiente volví al puerto y averigüé lo que pude; discretamente. De vez en cuando presentaba licencia de algunos armadores como Comisario de Estiba. No sólo para operar aquí. También en puertos de la costa Este, hasta el Golfo. Alguien creía que había viajado a certificar carga en terminales europeas, una que otra vez. Quizá tenía amigos en esas navieras chicas, de bandera panameña, que a menudo son un solo barco. Quién sabe. Y como hablaba idiomas, y por alguna razón lo sabía todo sobre puertos y aduanas...

El cónsul (este cónsul) abrió su caja fuerte. Sacó un archivador Torre, desplegó el formulario, los certificados anexos. Los extendió sobre el secante rosado, manchado por los timbres de las visas erradas.

—Hay formas que llenar. Le ruego que me excuse. Trataré de causarle las menores molestias. El trámite está casi listo. Y bien... Pero mis averiguaciones las hice después. El día que nos encontramos en la autoridad portuaria no lo dejé irse tan fácilmente. Lo obligué a aceptarme una invitación a almorzar. Fuimos a uno de esos restaurantes vietnamitas del Soho... ¿Sabe cuál era su fecha de nacimiento?

Se la dije.

—Bueno, me dio gusto verlo comer. Sólo un poco pero con apetito. En las dos veces que nos habíamos visto antes llegué a tenerle afecto, una inexplicable simpatía. Ahora entiendo mejor por qué. Pidió vino. Pensé que una copa no podría hacerle daño. Bastó que la oliera y el cambio fue extraordinario. Se puso locuaz y alegre, me habló de sus planes, negocios importantes que iba a reemprender, tierras de pionero en Brasil, que esperaba recuperar en un litigio. No, no mencionó una familia. Dijo que era viudo...

El cónsul se estremeció un poco. No hacía frío en su consulado, pero afuera caía una oscuridad temprana. El último helado rayo de luz que alcanzaba el piso 46 se había cortado como un cable tirante. Y la noche quedaba silbando en el aire.

—¿Sabe de enfermedades anteriores, contagiosas o tropicales? Si no lo sabe, responderemos de todos modos que no. La policía de aduanas americana es escrupulosa, pero cree en la buena fe.

No. No lo sabía. Sin embargo, estuve de acuerdo con él. Hay preguntas que quedamos obligados a contestar, aunque no sepamos las respuestas.

Había hielo sobre las alas cuando salimos del aeropuerto de La Guardia. Pequeños remolinos de nieve roja y azul girando sobre los focos de posición. Las luces de Manhattan se avistaban borrosas a través de la ventisca.

Habían pasado muchos años sin que él volviera al país. Y por lo menos diez desde que fui a encontrarlo en aquella ciudad húmeda y aislada, bajo la línea ecuatorial, donde tuvo su último destino. Ahora volveríamos a viajar juntos. Aunque lo hiciéramos así: él abajo, en una caja en la bodega; y yo en el asiento 12F, junto a la ventanilla enmarcada de hielo. De cualquier manera, por primera vez en tanto tiempo tendríamos toda una noche para hablar. Tendríamos el largo descenso hacia el Sur a través del cielo de muchos países, y las esperas de varias conexiones (no todas las líneas aceptan este tipo de carga). Tendríamos el vuelo nocturno de su definitiva repatriación, para intentar explicarnos.

El avión giró a la pista principal, detuvo un momento el carreteo; el piloto aceleró a fondo las turbinas. Un estremecimiento recorrió el fuselaje desde la cola a la nariz. Un estremecimiento como el de un cuerpo en el último y más hondo empujón del amor. Y nos elevamos. Suave y poderosamente, mi padre y yo, nos elevábamos hacia el cielo oscuro. Volando entre la nieve.

Indice

Esta edición
se terminó de imprimir en
Indugraf S.A.
Sánchez de Loria 2251, Buenos Aires
en el mes de noviembre de 1996.